TOTEM

Stephen Crane

L'INSIGNE ROUGE DU COURAGE

Roman

*Traduit de l'américain
par Pierre Bondil
et Johanne Le Ray*

*Postface
des traducteurs*

TOTEM n°147

Titre original : THE RED BADGE OF COURAGE

© Éditions Gallmeister, 2019, pour la traduction française

ISBN 978-2-35178-706-9
ISSN 2105-4681

Illustration de couverture © Sam Ward
Conception graphique de la couverture : Valérie Renaud

Chronologie

DATE	VIE DE L'AUTEUR	ÉVÉNEMENTS CULTURELS
1871	1er novembre : Naissance à Newark, New York, dans une famille religieuse.	Avec *La Fortune des Rougon*, Émile Zola entame la série des Rougon-Macquart.
1872		*Le Tour du monde en quatre-vingt jours*, de Jules Verne.
1873		*Une saison en enfer*, de Rimbaud.
1874		*Boris Godounov*, de Moussorgski.
1875	Manque de se noyer dans le fleuve Raritan.	*Carmen*, de Bizet.
1876		*Les Aventures de Tom Sawyer*, de Mark Twain.
1877		*Anna Karénine*, de Tolstoï.
1878		*Sans famille*, d'Hector Malot. *Humain, trop humain*, de Nietzsche.
1879		*Maison de poupée*, d'Henrik Ibsen.
1880	16 février : Mort de son père. Aide sa mère à travailler pour divers journaux.	*Ben Hur*, de Lewis Wallace.
1881		31 janvier : Mort de Dostoïevski.
1882		25 avril : Mort d'Emerson. *Parsifal*, de Wagner.
1883		Inauguration du Metropolitan Opera de New York. *L'Île au trésor*, de Robert Louis Stevenson.
1884	Mort de sa sœur Agnes Elizabeth, qui avait contribué à éveiller son intérêt pour la littérature.	
1885	Écrit la nouvelle "Uncle Jake and the Bell-Handle". Entre au pensionnat.	*Les Aventures de Huckleberry Finn*, de Mark Twain. 22 mai : Mort de Victor Hugo.

ÉVÉNEMENTS HISTORIQUES

21-28 mai : Semaine sanglante, la Commune de Paris est écrasée.

Début du *Kulturkampf* en Allemagne.

Réorganisation militaire au Japon.

Fabrication industrielle de la machine à écrire Remington.

Graham Bell invente le téléphone.
25 juin : Victoire de Sitting Bull sur Custer à Little Bighorn.

Edison invente le phonographe.

Victoire des Russes sur les Ottomans.
Congrès de Berlin sur les Balkans.

Début de la construction du canal de Panama.

14 juillet : Billy the Kid est abattu.

Découverte du bacille de Koch, responsable de la tuberculose.
Fondation de la Standard Oil par Rockefeller.

14 mars : Mort de Karl Marx.
Protectorat français sur l'Annam.

Conférence de Berlin, partage de l'Afrique.
Premier vaccin contre la rage.

DATE	VIE DE L'AUTEUR	ÉVÉNEMENTS CULTURELS
1886	Son frère Eric meurt écrasé entre deux wagons.	*Bel-Ami*, de Maupassant.
1887		
1888	Entre au pensionnat militaire de Claverack.	6 mars : Mort de Louisa May Alcott.
1889		*Autoportrait à l'oreille coupée*, de Vincent van Gogh.
1890		*Faim*, de Knut Hamsun.
1891	Université de Syracuse. Pigiste au *Tribune* de New York. Ébauche *Maggie*, fréquente des artistes. 7 décembre : Mort de sa mère.	10 novembre : Mort de Rimbaud. *Le Portrait de Dorian Gray*, d'Oscar Wilde.
1892	Écrit pour le *Tribune* (histoires du Sullivan County).	26 mars : Mort de Walt Whitman. *L'Argent n'a pas d'odeur*, de Bernard Shaw.
1893	Publication de *Maggie : A Girl of the Streets* sous le pseudonyme de Johnston Smith. Remarqué par Hamlin Garland et William Dean Howells, figures du réalisme. Entame *L'Insigne rouge du courage*.	*La Symphonie du Nouveau Monde*, de Dvorak. *Le Cri*, d'Edward Munch.
1894	Écrit des histoires et des poèmes. Vend *L'Insigne rouge du courage*. Entame *George's Mother*.	*Prélude à l'après-midi d'un faune*, de Debussy.
1895	Voyage au Mexique et dans l'Ouest. Rencontre Willa Cather. 11 mai : "The Black Riders". Écrit des "histoires mexicaines".	*Le Livre de la jungle*, de Kipling. *La Machine à explorer le temps*, de H.G. Wells.

ÉVÉNEMENTS HISTORIQUES

Voiture à essence de Benz.
28 octobre : Inauguration de la statue de la Liberté à New York.

Hertz découvre les ondes radioélectriques.

13 mai : abolition de l'esclavage au Brésil.
15 juin : Guillaume II, empereur d'Allemagne.

6 mai : Inauguration de la tour Eiffel.
Fondation de la IIe Internationale.

9 octobre : Vol du premier engin motorisé.
29 décembre : Massacre de Wounded Knee.

15 mai : *Rerum novarum*, de Léon XIII.

Scandale de Panama.
Invention du béton armé.

Hawaï sous protectorat américain.
Alliance franco-russe.
Fondation du Parti travailliste britannique.

Découverte du bacille de Yersin, responsable de la peste.
Début de l'affaire Dreyfus.

Découverte des rayons X.
Les frères Lumière présentent le cinématographe.

DATE	VIE DE L'AUTEUR	ÉVÉNEMENTS CULTURELS
1896	*George's Mother* publié à Londres. Brouille avec la police de New York (affaire Dora Clark). Part pour la Floride pour couvrir la révolution cubaine. Rencontre Cora Taylor.	*La Bohème*, de Puccini. *La Mouette*, d'Anton Tchekhov.
1897	2 novembre : Fait naufrage avec le *Commodore* en route pour Cuba, à l'origine de "The Open Boat". Part en Grèce couvrir la guerre. Se lie avec Joseph Conrad. *The Monster*.	Mort de Brahms. *Les Nourritures terrestres*, d'André Gide. *Cyrano de Bergerac*, d'Edmond Rostand.
1898	"The Blue Hotel". Part couvrir la guerre hispano-américaine pour le *World*.	*Monument à Balzac*, de Rodin.
1899	De retour en Angleterre, se lit à Henry James et H.G. Wells. Intense activité littéraire. Souffre de tuberculose.	*Oncle Vania*, de Tchekhov.
1900	5 juin : Mort au sanatorium de Badenweiler, Allemagne.	*Le Rire*, de Bergson. 8 novembre : Naissance de Margaret Mitchell.

ÉVÉNEMENTS HISTORIQUES

1ᵉʳ mars : Désastre italien en Éthiopie.
Découverte d'or au Klondike.
Premiers Jeux olympiques modernes.

Mise au point du moteur Diesel.
Épître, d'Abduh, pionnier d'une interprétation moderne de l'islam.

13 janvier : "J'accuse", de Zola.
Explosion du *Maine* à La Havane et guerre Hispano-américaine.

Premier sous-marin.

Révolte des Boxers en Chine.
Guerre des Boers en Afrique du Sud.

Chapitre 1

Le froid monta à regret de la terre et les brouillards en se levant révélèrent des troupes au repos, étirées sur les collines. Tandis que le paysage passait du marron au vert, l'armée s'éveilla et commença à frémir d'impatience au bruit des rumeurs. Les regards se tournèrent vers les routes qui, de longues dépressions de boue liquide, se changeaient en voies praticables. Un fleuve, à la couleur ambrée dans l'ombre des berges, murmurait au pied des soldats. Et la nuit, lorsque le cours d'eau avait pris une noirceur sinistre, on distinguait sur l'autre rive la lueur rouge, semblable à des yeux, des feux de camp hostiles, au front bas des lointaines collines.

À un moment, certain soldat de grande taille fut pris d'un élan méritoire et partit résolument laver une chemise. Il revint d'un ruisseau en toute hâte en agitant le vêtement tel un drapeau. Il débordait du désir de raconter ce qu'il tenait d'un ami sûr, qui le tenait de la bouche d'un cavalier fiable, lequel le tenait de son frère, digne de confiance, un des aides de camp du quartier général de la division. Il adopta l'air important d'un héraut vêtu de rouge et d'or.

— On bouge demain... c'est sûr, annonça-t-il pompeusement à un groupe rassemblé sur l'allée de la compagnie. On va remonter le fleuve un bout de temps avant de traverser et de leur tomber dessus par l'arrière.

À ses auditeurs attentifs, il claironna un plan de bataille élaboré, d'une stratégie très brillante. Quand il en eut terminé, les hommes habillés de bleu se dispersèrent par petits groupes animés entre les alignements marron des baraquements de bois trapus. Un conducteur d'attelage nègre, qui avait dansé sur une caisse de biscuits, encouragé par une quarantaine de soldats hilares, fut abandonné à lui-même. Il s'assit tristement. De la fumée montait paresseusement d'une multitude de cheminées vieillottes.

— C'est un mensonge! Voilà ce que c'est... un fichu mensonge! proclama un autre soldat d'une voix tonitruante.

Son visage lisse était empourpré et il avait les mains enfoncées dans les poches de son pantalon en une attitude boudeuse. Il prenait cette annonce comme un affront personnel et ajouta :

— Je le crois pas, moi, que cette vieille armée à la manque, elle bougera un jour. On a pris racine. Huit fois, ces deux semaines, que j'me prépare à partir, et on a pas encore bougé.

Le grand gaillard se sentit en devoir de défendre la vérité d'une rumeur à laquelle il avait lui-même donné naissance. Lui et le soldat qui avait le verbe haut furent à deux doigts d'en découdre.

Un caporal se mit à pousser des jurons devant le groupe. Dans sa maison, déclara-t-il, il venait de poser un plancher coûteux. Au début du printemps, il s'était retenu d'améliorer le confort de son environnement de manière significative parce qu'il avait eu l'impression que l'armée pouvait se mettre en marche à tout moment. Mais depuis quelque temps, il éprouvait le sentiment qu'ils se trouvaient dans une sorte de camp éternel.

Une bonne partie des hommes s'engagea dans un débat énergique. L'un d'eux exposa tous les plans du général en chef d'une façon particulièrement lucide. D'autres le contredirent, affirmant l'existence de plans de campagne différents. Tous s'affrontaient à grands cris et beaucoup réclamaient en vain l'attention générale. Pendant ce temps, le soldat qui avait introduit la rumeur s'agitait, très conscient de son importance. Il était continuellement assailli de questions.

— Y se passe quoi, Jim ?

— L'armée va se mettre en marche.

— Ah, qu'est-ce tu racontes ? Qu'est-ce t'en sais ?

— Ben, vous pouvez me croire ou pas, ça vous regarde. Moi, je m'en fiche complètement.

Il y avait amplement matière à réflexion dans sa manière de répondre. En dédaignant de produire des preuves, il parvenait presque à les convaincre. Le sujet les mettait en émoi.

Une toute jeune recrue prêtait des oreilles empressées aux paroles du grand soldat et aux divers commentaires de ses camarades. Après avoir écouté son content de discussions prolongées au sujet de marches et d'attaques, il retourna à sa cabane et s'insinua à quatre pattes par le trou contourné qui faisait office de porte. Il souhaitait être seul avec les nouvelles pensées qui lui étaient venues depuis peu.

Il s'allongea sur un grand lit de camp qui occupait tout l'espace du fond. De l'autre côté, des caisses de biscuits remplaçaient le mobilier. Elles étaient rassemblées autour de l'âtre. Une photographie prélevée dans un hebdomadaire illustré était affichée sur les parois de rondins, et trois fusils posés parallèlement sur des crochets. À portée de main, du matériel était suspendu à des aspérités et plusieurs assiettes en fer blanc placées sur un simple tas de petit bois. Une toile de tente pliée servait de toit. Le soleil qui tombait dessus, au dehors, lui donnait une lueur jaune pâle. Une petite fenêtre projetait un trapèze de lumière plus blanche sur le sol encombré. Par moments, la fumée du feu négligeait la cheminée de terre en dessinant des volutes dans la pièce, et cette frêle construction d'argile et de bouts de bois menaçait constamment d'enflammer toute la structure.

Le jeune soldat était comme saisi d'une transe de stupéfaction. Ainsi, ils allaient enfin se battre. Le lendemain, peut-être, ils livreraient bataille et il en serait. Durant un bon moment, il lui fallut fournir un effort pour parvenir à y croire. Il ne pouvait recevoir avec assurance un augure indiquant qu'il était sur le point de prendre part à une de ces grandes affaires du monde.

Il avait, bien sûr, rêvé de batailles toute sa vie… d'affrontements incertains et sanglants qui l'avaient fait vibrer par leur ampleur et leur puissance de feu. Dans ses visions, il s'était représenté au cœur de bien des conflits armés. S'était imaginé des peuples protégés par le déploiement de ses prouesses dignes de la bravoure de l'aigle. Mais dans ses heures de veille, il avait vu en ces affrontements des marques écarlates sur les pages du passé. Il les avait rejetés comme relevant de temps révolus, au même titre que ses rêveries de pesantes couronnes et de remparts élevés. Il y avait une partie de l'histoire du monde qu'il assimilait au temps des guerres, mais, pensait-il, elle s'était depuis longtemps éclipsée à l'horizon et avait disparu à jamais.

De la ferme, ses yeux d'adolescent avaient considéré avec défiance cette guerre au sein de son propre pays. Ce devait être une sorte de simulacre. Très souvent, il avait désespéré de pouvoir assister à une bataille digne des Grecs. De pareils combats il n'y aurait plus, avait-il décrété. Les hommes étaient devenus meilleurs, ou plus timorés. L'éducation publique et religieuse avait effacé l'instinct de se jeter à la gorge de l'autre, ou une stricte maîtrise de soi muselait les passions.

À plusieurs reprises il avait brûlé de s'engager. Le récit de vastes changements secouait les campagnes. Ils n'étaient peut-être pas spécifiquement homériques, mais ils semblaient contenir bien des promesses de gloire. Il avait lu des comptes rendus de marches, de sièges, de conflits, et s'était langui d'en être témoin. Son imagination fertile avait dessiné à son usage d'amples fresques extravagantes dans leurs couleurs, pleines d'actions d'éclat à couper le souffle.

Mais sa mère l'en avait dissuadé. Elle avait affecté d'observer avec un certain mépris la nature de son esprit guerrier et de son patriotisme. Elle était capable de s'asseoir calmement pour lui énumérer sans difficulté manifeste plusieurs centaines de raisons justifiant en quoi sa présence était infiniment plus précieuse à la ferme que sur le champ de bataille. Elle avait eu certaines expressions impliquant que ses déclarations sur le sujet s'appuyaient sur une conviction profonde. De plus, dans ces discussions, la croyance que les mobiles moraux de sa mère étaient irréfutables jouait en sa faveur.

Mais à la fin, il s'était fermement rebellé contre cette teinte jaune jetée sur la couleur éclatante de ses ambitions. Les journaux, les conversations dans le village, ses propres suppositions l'avaient stimulé à un degré désormais incontrôlable. C'était en vérité un admirable combat qu'ils livraient là-bas. Presque chaque jour, la presse publiait le compte rendu d'une victoire décisive.

Une nuit, alors qu'il était allongé dans son lit, les vents lui avaient apporté le fracas de la cloche de l'église car un enthousiaste tirait frénétiquement sur la corde pour annoncer la nouvelle déformée d'une grande bataille.

Cette voix populaire qui se réjouissait dans la nuit l'avait fait vibrer d'une longue excitation extatique. Plus tard, il était descendu dans la chambre de sa mère et lui avait parlé de la sorte :

— Ma, je vais m'engager.

— Va-t'en pas faire cette bêtise, Henry, avait-elle répondu.

Elle s'était alors couvert le visage avec la courtepointe. Ils en étaient restés là.

Pourtant, le lendemain matin, il s'était rendu dans une ville proche et s'était porté volontaire dans un régiment qui s'y formait. Quand il était revenu à la ferme, sa mère trayait la vache tachetée. Quatre autres attendaient leur tour.

— Je me suis engagé, Ma, lui avait-il annoncé d'une voix mal assurée.

Un bref silence avait suivi.

— Que Sa volonté soit faite, Henry, avait-elle fini par répondre avant de continuer à traire la vache.

Quand il s'était tenu sur le seuil dans son uniforme de soldat, avec dans les yeux l'étincelle d'excitation et d'expectative qui triomphait presque de la lueur de regret des liens du foyer, il avait vu deux larmes laisser leur trace sur les joues ravinées de sa mère.

Pourtant, elle l'avait déçu car elle n'avait pas évoqué son retour portant son bouclier ou gisant dessus. En cachette, il s'était préparé à une scène grandiose. Il avait imaginé des phrases dont il pensait qu'elles pourraient susciter l'émotion. Mais les mots qu'elle avait prononcés avaient anéanti ses plans. Elle avait opiniâtrement continué de couper ses pommes de terre et s'était adressée à lui en ces termes :

— Fais bien attention, Henry, et prends grand soin de toi avec ces histoires de batailles. Oui, fais attention et prends bien soin d'toi. Va pas t'imaginer que tu vas vaincre l'armée des rebelles à toi tout seul en un rien de temps, parce que tu le peux pas. T'es rien qu'un p'tit soldat au milieu de plein d'autres, et faut que tu te taises et que tu fasses comme on te dit. Je sais comment t'es, Henry.

"Je t'ai tricoté huit paires de chaussettes et j'ai mis toutes tes plus belles chemises parce que j'veux que mon fils, il ait aussi chaud et y se sente aussi bien que n'importe qui d'autre dans l'armée. Dès qu'elles auront des trous, Henry, j'veux que tu me les renvoies tout de suite, que je puisse te les raccommoder.

"Et fais toujours très attention quand tu choisis tes amis. Y a beaucoup d'hommes qui sont mauvais, dans l'armée, Henry. L'armée, elle les transforme en bêtes sauvages et y a rien qu'ils aiment tant que de pouvoir détourner un jeune gars comme toi, qu'a jamais vraiment quitté la ferme et qu'a toujours eu sa mère près de lui, pour y apprendre à jurer et à boire de l'alcool. T'approche pas d'eux, Henry. J'veux que tu fasses jamais quelque chose que t'aurais trop honte pour me le dire, Henry. Fais juste comme si j'étais tout le temps là à te regarder. Garde ça toujours présent à l'esprit et j'suppose que tout ira bien.

"Mon fils, tu dois toujours te souvenir aussi de ton père, et te souvenir que dans toute sa vie, il a jamais bu une goutte d'alcool et il a presque jamais juré sur la croix.

"J'vois pas ce que j'peux te dire d'autre, Henry, à part que tu dois jamais te détourner de ton devoir, mon fils, à cause de moi. Si un jour vient où tu dois être tué ou faire le mal, Henry, pense à rien d'autre à part ce qu'est juste, parce qu'y a plein de femmes qui doivent supporter pareilles choses à cette heure, et le Seigneur veillera sur nous toutes.

"Oublie pas pour les chaussettes et les chemises, fils ; et je t'ai mis un bocal de confiture de mûres avec ton paquetage, parce que j'sais que c'est ce que t'aimes par-dessus tout. Au revoir, Henry. Sois prudent et tiens-toi bien."

Pendant ce discours, bien évidemment, sa patience avait été mise à rude épreuve. Ce n'était pas franchement ce à quoi il s'était attendu, et il l'avait supporté avec une expression d'irritation. Il était parti avec un vague sentiment de soulagement.

Néanmoins, quand il s'était retourné, à la barrière du jardin, il avait vu sa mère agenouillée au milieu des pelures de pommes de terre. Son visage tanné, levé vers le ciel, était sillonné de larmes, et son corps maigre tremblait. Il avait baissé la tête et poursuivi sa marche, soudain honteux de sa résolution.

De la ferme il s'était rendu à l'école du village pour dire au revoir à de nombreux camarades. Ils l'avaient entouré de leur admiration et de leur émerveillement. Il avait alors eu conscience de la différence qui existait désormais entre lui et eux, et s'était senti gagné d'une fierté tranquille. Aussi bien lui que plusieurs de ses homologues qui s'étaient revêtus de bleu avaient été comblés de privilèges pendant cet après-midi entier, et ç'avait été un moment délicieux. Ils avaient pavané.

Certaine jeune fille aux cheveux clairs s'était moquée gaiement de son allure martiale, mais il y en avait eu une, plus brune, qu'il avait observée résolument, et il avait eu le sentiment qu'elle devenait réservée et triste à la vue du bleu et des cuivres de sa tenue. Au moment où il s'était éloigné sur l'allée, entre les alignements de chênes, il avait tourné la tête et l'avait repérée à une fenêtre d'où elle le regardait partir. Et quand il l'avait aperçue, elle s'était mise à fixer le ciel au travers des hautes branches. Il avait décelé une forte dose d'émoi et de hâte dans son geste, lorsqu'elle avait changé d'attitude. Il y repensait fréquemment.

Sur le trajet de Washington, son moral était monté en flèche. Le régiment recevait tant de nourriture et de témoignages d'affection, gare après gare, qu'il s'était vu en héros. Il y avait de copieux étalages de pain, de viandes froides, de condiments, de fromage et de café. Tandis qu'il se réchauffait au sourire des jeunes filles et que les vieux messieurs lui tapaient sur l'épaule et le félicitaient, il sentait s'épanouir en lui la force de réaliser d'immenses exploits guerriers.

À un parcours compliqué entrecoupé de nombreux arrêts avaient succédé des mois de vie monotone dans un camp. Il avait cru que la vraie guerre était une succession de luttes à mort, entrecoupées de brefs instants de répit pour dormir et se nourrir ; mais depuis que son régiment était arrivé sur le terrain, l'armée n'avait pas fait grand-chose d'autre que de rester tranquillement sur place à essayer de se réchauffer.

Il en était alors progressivement revenu à ses anciennes idées. Les batailles dignes des Grecs ne pouvaient plus exister. Les hommes étaient meilleurs, ou plus timorés. L'éducation publique et religieuse avait effacé l'instinct qui consistait à se jeter à la gorge de l'autre, ou la maîtrise des désirs avait muselé les passions.

Il en était arrivé à ne plus se considérer que comme un élément au cœur d'une vaste démonstration de force en uniformes bleus. Ses compétences consistaient à rechercher, autant que faire se pouvait, son confort personnel. Pour se distraire, il pouvait toujours se tourner les pouces et spéculer sur les pensées qui devaient s'agiter dans le cerveau des généraux. Et puis, il était rompu aux manœuvres, aux manœuvres suivies de revues d'effectifs, suivies de manœuvres suivies de revues d'effectifs.

Les seuls ennemis qu'il avait vus étaient des sentinelles postées le long du fleuve. C'étaient des soldats à la peau tannée par le soleil, plutôt philosophes, qui, parfois, tiraient sans conviction sur les sentinelles bleues. Lorsque cela leur était reproché par la suite, ils exprimaient généralement leurs regrets et juraient leurs grands dieux que les fusils avaient fait feu sans leur autorisation. Une nuit où le jeune soldat était de garde, il avait conversé avec l'un d'eux, d'une berge à l'autre. C'était un personnage un peu loqueteux, qui crachait avec talent entre ses souliers et possédait un fonds inépuisable de certitude affable et infantile. Le jeune soldat l'avait apprécié.

— Yank, l'avait informé cet ennemi, t'es un gars drôlement sympa.

Ce jugement, flottant jusqu'à lui sur l'air paisible, lui avait fait ponctuellement regretter d'être en guerre.

Différents combattants expérimentés lui avaient raconté des choses. Certains parlaient de hordes grises, aux joues couvertes de barbe, qui allaient de l'avant avec une bravoure indescriptible en lâchant des jurons impitoyables et en mâchant du tabac; du physique redoutable d'une soldatesque féroce comme les Huns qui balayait tout sur son passage. D'autres parlaient d'hommes en loques, perpétuellement affamés, qui lâchaient des coups de fusils découragés. "Ils chargeraient dans les flammes de l'enfer pour mettre la main sur un havresac, mais c'genre d'estomac, ça mène pas loin", lui avait-on affirmé. D'après ces descriptions, il imaginait des os rouges et vivants qui perforaient les uniformes décolorés.

Pourtant, il ne pouvait placer toute sa foi dans ces histoires de vétérans car des recrues ils faisaient leurs proies. Ils parlaient abondamment de fumée, de feu et de sang, mais il ne parvenait pas à déterminer combien il pouvait y avoir de mensonges. Ils lui lançaient constamment du "Blanc-bec!" et n'étaient absolument pas dignes de foi.

Mais il percevait maintenant que cela n'avait pas grande importance, de savoir quel genre de soldats il allait combattre, du moment qu'ils combattaient, ce que nul ne mettait en doute. Il y avait un problème plus grave. Étendu sur sa couchette, il y réfléchissait. Il tentait de se prouver mathématiquement qu'il ne prendrait pas la fuite dans la bataille.

Jusque-là, il ne s'était jamais senti obligé de débattre trop sérieusement de cette question. Dans sa vie, il y avait eu des choses qu'il avait acceptées comme allant de soi, ne remettant jamais en cause sa profonde croyance en la réussite finale et ne s'inquiétant guère des moyens ni des chemins empruntés. Mais là, il était confronté à une donnée d'importance primordiale. Il venait brusquement de s'apercevoir que, peut-être, au cœur des combats, il risquait de s'enfuir. Il était bien obligé d'admettre qu'en ce qui concernait la guerre, il ignorait tout de lui-même.

Bien plus tôt, il aurait laissé le problème faire le pied de grue aux portes de son esprit, mais maintenant il se sentait contraint de lui accorder sérieusement son attention.

Un début de peur panique grandit dans sa tête. Tandis qu'en imagination il anticipait une bataille, il entrevit d'odieuses possibilités. Il envisagea les menaces tapies dans le futur et échoua dans sa tentative de se représenter vaillamment campé en plein milieu. Le souvenir de ses visions de gloire, brandissant un sabre brisé, lui revint, mais à l'ombre du tumulte imminent il les soupçonna de n'être qu'images chimériques.

Il bondit de sa couchette et commença nerveusement à faire les cent pas.

— Seigneur Dieu, qu'est-ce qui m'arrive ? se demanda-t-il à haute voix.

Il eut le sentiment que, dans cette crise, ses règles de vie étaient vaines. Ce qu'il avait pu apprendre sur lui ne servirait à rien ici. Il était quantité négligeable. Il comprit qu'il serait à nouveau obligé de faire l'expérience des choses, comme il l'avait fait dans sa prime jeunesse. Il devait accumuler les informations sur lui-même et, en attendant, résolut de demeurer complètement sur ses gardes de crainte que les aspects de sa nature dont il ignorait tout ne le déshonorent éternellement.

— Seigneur Dieu ! répéta-t-il dans son désarroi.

Un peu plus tard, le grand soldat s'insinua avec dextérité par le trou. Celui qui parlait fort le suivit. Ils se querellaient.

— Moi, ça m'est égal, déclara le grand soldat en entrant avec un geste expressif de la main. Tu peux me croire ou pas, c'est comme tu veux. Tout ce que t'as à faire, c'est de rester assis et d'attendre en faisant le moins de bruit possible. Et là, tu le verras bientôt que j'avais raison.

Son camarade émit un grognement entêté. Il sembla un moment à la recherche d'une réponse dévastatrice. Finit par dire :

— Tu peux pas savoir tout ce qui se passe dans le monde entier, quand même ?

— J'ai pas dit que je sais tout ce qui se passe dans le monde entier, lui rétorqua l'autre d'un ton sans réplique.

Il entreprit d'entasser divers objets dans son sac à dos.

Le jeune soldat, s'interrompant dans son va-et-vient nerveux, baissa les yeux vers la silhouette qui s'activait.

— Va y avoir une bataille, t'es sûr, hein, Jim ? quémanda-t-il.

— Bien sûr que oui. Bien sûr que oui. T'as qu'à attendre demain, et tu verras une des plus grandes batailles qu'y a jamais eu. T'as qu'à attendre.

— Tonnerre! s'écria le jeune soldat.

— Oh, de l'affrontement, tu vas en avoir, mon garçon, ça sera du vrai de vrai, ajouta le grand soldat avec l'air d'un homme qui s'apprête à organiser un combat armé pour le bénéfice de ses amis.

— Pfff! émit dans son coin celui qui parlait fort.

— Ou alors, fit remarquer le jeune soldat, cette histoire, elle tournera pareil que les autres.

— Absolument pas, fit le grand soldat, excédé. Absolument pas. Elle est pas partie, toute la cavalerie, ce matin, peut-être?

Il dirigea un regard furieux autour de lui. Personne ne contesta ses dires. Il poursuivit:

— La cavalerie, elle est partie ce matin. Y paraît que c'est comme si y en avait plus au camp, de cavalerie. Elle est partie à Richmond, ou ailleurs, pendant que nous, on se mesure à tous les rebelles. C'est une combine dans ce goût-là. Le régiment, il a reçu ses ordres, lui aussi. Un gars qui les a vus arriver au quartier général, y me l'a dit y a un p'tit moment. Et ils fichent une sacrée pagaille dans tout le camp. N'importe qui peut le voir.

— Tu parles! dit celui qui avait la voix forte.

Le jeune homme garda un moment le silence. Puis il finit par s'adresser au grand soldat:

— Jim!

— Quoi?

— Comment tu crois que le régiment va se comporter?

— Oh, y vont bien se battre, j'suppose, une fois qu'y seront dedans. (Il exprima cet avis de manière détachée, faisant bon usage de la troisième personne.) On leur a pas ménagé les moqueries parce qu'y sont nouveaux et tout, évidemment; mais y vont bien se battre, j'suppose.

— Tu crois qu'y en a qui prendront leurs jambes à leur cou ? insista le jeune soldat.

— Oh, y en aura peut-être quelques-uns qui déguerpiront, reconnut le grand soldat d'un ton tolérant, mais des qui font ça, y en a dans tous les régiments, surtout la première fois qu'y montent au feu. Bien sûr, y se pourrait qu'y en ait un bon nombre qui prennent leurs jambes à leur cou, si on en découd à fond dès le début, mais aussi bien, y se peut qu'y restent et qu'y se battent comme si ça les amusait. Mais on peut parier sur rien. Bien sûr, ils ont encore jamais été au feu, et y a peu de chances qu'ils battent l'armée des rebelles à plate couture dès la première fois ; mais j'pense qu'y se battront mieux que certains, même si c'est pire que d'autres. C'est ce que j'me dis. Ceux du régiment, on les appelle "blanc-becs" et tout ; mais ces gars, y sont de bonne souche, et la plupart, y vont se battre comme des démons, dès qu'ils auront commencé à tirer.

Il avait terminé en mettant beaucoup d'emphase sur les quatre derniers mots.

— Oh, toi, tu t'imagines que tu sais… commença avec mépris le soldat qui parlait fort.

Le grand soldat se tourna agressivement vers lui. Ils eurent une brève altercation durant laquelle ils se jetèrent à la figure différentes épithètes étranges.

Le jeune soldat finit par les interrompre.

— Jim, il t'est déjà arrivé de penser que tu pourrais prendre la fuite, toi aussi ? demanda-t-il.

Il conclut sa phrase par un rire, comme s'il avait été dans son intention de plaisanter. Celui qui parlait fort gloussa aussi.

Le grand soldat agita la main.

— Eh ben, dit-il d'un air inspiré, y m'est arrivé de me dire que ça pourrait être trop chaud pour Jim Conklin, dans certaines de ces mêlées, et qu'si y avait plein de gars qui prenaient la tangente, ben, j'suppose que j'détalerais moi aussi. Et qu'si j'commençais, j'déguerpirais comme si j'avais le diable aux trousses, ça ferait pas un pli. Mais qu'si tout le monde tenait sa position et combattait, eh ben, j'la tiendrais et j'combattrais. Nom d'une pipe, j'le ferais. J'suis prêt à l'parier.

— Pffft! fit le soldat à la voix forte.

Le jeune homme ressentit de la gratitude pour les mots prononcés par son camarade. Il avait craint que tous les hommes qui n'avaient pas été soumis à l'épreuve fussent à juste titre pourvus d'une grande confiance. Dans une certaine mesure, il était désormais rassuré.

Chapitre 2

Au matin, le jeune soldat découvrit que son grand camarade avait été le messager ailé d'une fausse nouvelle. S'ensuivirent de nombreuses railleries à son encontre issues de ceux-là même qui, la veille, avaient été d'ardents défenseurs de ses vues, et même quelques sarcasmes chez des hommes qui, d'emblée, n'avaient pas prêté foi à la rumeur. Le grand soldat se bagarra contre un natif de Chatfield Corners et lui infligea une sévère correction.

Le jeune soldat eut toutefois le sentiment qu'il n'était en aucun cas libéré de son problème. Au contraire, il connaissait une irritante prorogation. La fausse nouvelle avait généré une grande inquiétude en ce qui le concernait. Maintenant que cette question, qui venait de rebondir, était présente à son esprit, il était contraint de reprendre son rôle antérieur au sein de la démonstration de force en uniformes bleus.

Pendant des jours il se livra à des spéculations sans fin, mais toutes se révélèrent extraordinairement insatisfaisantes. Il découvrit qu'il ne pouvait tabler sur rien. Il finit par conclure que la seule façon pour lui de faire ses preuves consistait à foncer sous la mitraille et, métaphoriquement, à surveiller ses jambes pour en découvrir les vertus et les fautes. À son grand regret, il dut admettre qu'il ne pouvait rester là à tenter de trouver une réponse à ses questions en comptant sur un bâton de craie et une ardoise imaginaires. Pour l'obtenir, il lui fallait des tirs, du sang, du danger, exactement comme un chimiste a besoin de ceci, de cela et d'autre chose encore. Il continua donc de se ronger dans l'attente d'une occasion.

Pendant ce temps, il essayait continuellement de s'évaluer à l'aune de ses camarades. Le grand soldat, déjà, lui donnait un peu d'assurance. Son détachement serein lui prodiguait une certaine confiance car il le connaissait depuis l'enfance et, en se basant sur ce contact intime, il ne concevait pas qu'il pût faire quelque chose que lui, le jeune soldat, jugerait hors de sa portée. Toutefois, il pensait que son camarade était susceptible de se méprendre sur son propre compte. Ou, au contraire, il se pouvait qu'il ait été jusque-là amené à vivre dans la paix et l'anonymat, mais qu'il fût en réalité destiné à briller sur le champ de bataille.

Le jeune soldat aurait bien aimé découvrir un autre engagé qui ne fût pas sûr de lui. Une comparaison bienveillante de leurs appréciations mentales lui eût été une joie.

Il tentait de temps en temps de sonder un camarade par des phrases incitatives. Il cherchait autour de lui des hommes qui seraient dans l'humeur adéquate. Toutes ses tentatives échouèrent à provoquer une déclaration qui pût en rien ressembler à une confession de ces doutes dont il reconnaissait la présence au secret de son cœur. Il avait peur d'exprimer ouvertement ses inquiétudes parce qu'il redoutait de placer un confident peu scrupuleux sur le plan élevé de ce qui n'était pas confessé, car alors il aurait pu être tourné en ridicule.

Pour ce qui était de ses compagnons, son esprit naviguait entre deux opinions, selon l'humeur du moment. Parfois il inclinait à croire qu'ils étaient tous des héros. En réalité, il reconnaissait d'ordinaire tacitement chez les autres le développement supérieur des qualités essentielles.

Il pouvait concevoir que des hommes qui vaquent par le monde de manière très insignifiante pussent posséder un courage invisible, et même s'il avait connu bon nombre de ses camarades au cours de son enfance, il commençait à craindre que son jugement sur eux n'eût été aveugle. Puis, à d'autres moments, il passait outre ces théories et entreprenait de s'assurer que ses compagnons s'interrogeaient et tremblaient tous secrètement.

Ses émotions lui donnaient le sentiment d'être un étranger au milieu d'hommes qui parlaient avec excitation d'une bataille en perspective comme d'un drame auquel ils s'apprêtaient à assister, sans autre chose sur le visage qu'impatience et curiosité. Il les soupçonnait fréquemment d'être des menteurs.

Il ne se permettait de telles pensées qu'en se condamnant sévèrement lui-même. Il ressassait parfois des reproches à son propre égard. Il se reconnaissait coupable de nombreux crimes honteux contre les dieux de la tradition.

Dans sa profonde angoisse, son cœur ne cessait de s'élever contre ce qu'il considérait comme l'intolérable lenteur des généraux. Ils semblaient satisfaits de se tenir tranquillement sur la rive du fleuve et de le laisser là, terrassé sous le poids d'un énorme problème. Il voulait que le problème fût réglé séance tenante. Il ne pourrait supporter longtemps pareil fardeau, arguait-il en lui-même. Il arrivait que la colère ressentie contre ceux qui donnaient les ordres atteigne un stade aigu, et en arpentant le camp il grommelait comme un soldat expérimenté.

Un matin, pourtant, il se trouva aligné avec son régiment, prêt pour le départ. Les hommes spéculaient en chuchotant et se remémoraient les anciennes rumeurs. Dans l'obscurité qui précédait le point du jour, leurs uniformes prenaient une teinte d'un violet intense. Depuis l'autre berge, les yeux rouges épiaient toujours. Dans le ciel, à l'est, apparaissait une bande jaune, semblable à un tapis déroulé dans l'attente des pieds du soleil levant ; et sur ce fond se détachait, comme un découpage noir, la gigantesque silhouette du colonel assis sur un gigantesque cheval.

Des ténèbres leur parvint un martèlement de pas. Le jeune soldat réussissait de loin en loin à discerner des ombres noires qui avançaient tels des monstres. Le régiment demeura aux ordres pendant ce qui parut un long moment. Le jeune homme se sentit pris d'impatience. La façon dont ces affaires étaient traitées lui paraissait insupportable. Il se demandait combien de temps on allait les faire patienter.

Tandis qu'il observait alentour et méditait sur ces ténèbres mystiques, il se prit à penser qu'à chaque instant le lointain menaçant pouvait s'enflammer et les bruyantes déflagrations d'un combat parvenir à ses oreilles. Portant un instant ses regards sur les yeux rouges de l'autre côté du fleuve, il eut le sentiment qu'ils grossissaient, tels les orbites d'une rangée de dragons en marche. Il se tourna vers le colonel et le vit lever son bras gigantesque pour lisser calmement sa moustache.

Enfin il entendit, sur la route située au pied de la colline, le claquement de sabots d'un cheval lancé au galop. Ce devaient être les ordres qui arrivaient. Il se pencha en avant, respirant à peine. Le *clipiti-clop* excitant, tandis qu'il se faisait de plus en plus fort, semblait tambouriner sur son âme. Très vite, un cavalier à l'équipement cliquetant tira sur ses rênes devant le colonel du régiment. Tous deux échangèrent une conversation brève dont les mots cinglaient l'air. Les hommes qui se tenaient aux premiers rangs se démanchaient le cou.

Au moment où le cavalier faisait virevolter son cheval et repartait au galop, il se retourna pour crier par-dessus son épaule :

— N'oubliez pas la boîte de cigares !

Le colonel grommela une réponse. Le jeune soldat se demanda ce qu'une boîte de cigares avait à voir avec la guerre.

Un instant de plus et le régiment pivota pour s'enfoncer dans les ténèbres. Il ressemblait maintenant à l'un de ces monstres mobiles qui cheminent sur une multitude de pattes. L'air était oppressant et la rosée le rendait froid. La masse herbeuse mouillée sur laquelle ils marchaient bruissait comme de la soie.

Un éclair et une lueur d'acier étincelaient de temps à autre sur le dos de ces immenses reptiles rampants. De la route leur parvenaient craquements et grincements alors qu'on y halait des canons réfractaires.

Les hommes progressaient en titubant sans cesser de grommeler des spéculations. Un débat contrôlé se tenait. À un moment, un homme tomba et, quand il tendit la main vers son fusil, un camarade qui ne le voyait pas marcha sur sa main. Le malheureux aux doigts écrasés émit un juron acerbe et retentissant. Un petit gloussement de rire s'éleva chez ses camarades.

Ils atteignirent bientôt une chaussée et poursuivirent leur progression avec des enjambées devenues plus faciles. Un régiment entouré de ténèbres les précédait et, derrière eux, ils entendaient aussi le tintement du matériel qui harnachait les corps d'hommes en mouvement.

Le jaune jaillissant du jour qui croissait s'élevait dans leur dos. Quand les rayons du soleil tombèrent enfin directement sur la terre, dans toute leur plénitude et leur douceur, le jeune soldat vit que le paysage était strié de deux colonnes noires, fines et étirées, qui disparaissaient devant eux sur le versant haut d'une colline et, sur l'arrière, s'estompaient dans un bois. On eût dit deux serpents qui sortaient en rampant des grottes de la nuit.

Le fleuve n'était pas en vue. Le grand soldat se prit à louer ce qu'il prenait pour ses pouvoirs de perception.

Certains de ses compagnons s'écrièrent avec emphase qu'eux aussi avaient atteint les mêmes conclusions, et ils s'en congratulèrent. Mais d'autres affirmaient que les plans du grand soldat ne correspondaient pas du tout à la réalité. Ils persistaient à défendre des théories adverses. Des discussions vigoureuses s'ensuivirent.

Le jeune soldat n'y prit pas part. Tandis qu'il cheminait dans la file désordonnée, il se débattait dans son perpétuel dilemme. Il ne pouvait s'empêcher d'y revenir. Abattu et maussade, il jetait alentour des regards mal assurés. Il regardait devant lui, s'attendant souvent à entendre le crépitement des armes au niveau des troupes placées en tête.

Mais les longs serpents rampaient lentement de colline en colline sans que se manifeste la moindre explosion de fumée. Un nuage de poussière d'un ocre pâle flottait au loin sur la droite. Le ciel, à la verticale, était d'un bleu féerique.

Le jeune soldat étudiait le visage de ses compagnons, toujours à l'affût d'émotions proches des siennes. Il enregistrait déception sur déception. Une ardeur dans l'atmosphère, qui entraînait les hommes d'expérience de la compagnie à marcher dans l'allégresse, presque en chantant, avait gagné le nouveau régiment. On commença à y parler de victoire comme d'une chose dont on avait l'expérience. Et d'autre part, le grand soldat recevait confirmation de ses annonces. Ils allaient certainement contourner l'ennemi par l'arrière. Ils exprimaient leur commisération pour ceux de leur armée qui avaient été laissés sur la berge du fleuve, et se félicitaient de faire partie des foudres célestes.

Le jeune soldat, se considérant comme séparé des autres, était attristé par les discours enlevés et enjoués qui circulaient de rang en rang. Les plaisantins de la compagnie s'en donnaient tous à cœur joie. Le régiment marchait aux échos des rires.

Le soldat qui parlait fort provoquait de fréquentes risées par ses sarcasmes acerbes visant le camarade de grande taille.

Il ne fallut pas longtemps pour que tous les hommes donnent l'impression d'avoir oublié leur mission. Des brigades entières souriaient à l'unisson et des régiments s'esclaffaient.

Un soldat assez bedonnant tenta de chaparder un cheval dans une cour. Son intention était de lui faire porter son sac à dos. Comme il s'échappait avec son butin, une jeune fille sortit en courant de la maisonnée et s'agrippa à la crinière de l'animal. Une altercation s'ensuivit. La jeune fille, le rose aux joues et les yeux étincelants, se dressait telle une statue intrépide.

Le régiment attentif, au repos sur la chaussée, entreprit aussitôt de pousser des cris et de se ranger en défenseur de la jeune fille. Les soldats se trouvaient à ce point absorbés par cette affaire qu'ils en oublièrent totalement l'importance de leur propre conflit. Ils se gaussèrent du deuxième classe pirate, attirèrent l'attention sur différents défauts de son anatomie ; et ils mettaient un enthousiasme frénétique à soutenir la jeune fille.

Elle recevait, à distance, des intimations à l'audace. "Cognez-lui d'sus avec un bâton."

Des huées et des sifflements s'abattirent sur lui quand il prit la fuite sans le cheval. Le régiment se réjouit de cet échec cuisant. Des acclamations lancées à voix fortes et vociératrices déferlèrent sur la jeune fille qui restait là, le souffle court, et observait la troupe avec défiance.

À la tombée de la nuit, la colonne se scinda en groupes régimentaires, et ces éléments partirent camper dans les champs. Des tentes jaillirent du sol comme des plantes venues d'ailleurs. Des feux de camps, singulières floraisons rouges, piquetèrent les ténèbres.

Le jeune soldat se tint à l'écart de ses compagnons autant que le lui permettaient les circonstances. Le soir, il s'éloigna de quelques pas dans l'obscurité. À cette petite distance, les nombreux feux, avec les silhouettes noires des hommes qui passaient et repassaient devant les flammes écarlates, produisaient d'étranges effets sataniques.

Il s'allongea dans l'herbe. Les brins appuyaient tendrement contre sa joue. La lune était éclairée et retenue prisonnière à la cime d'un arbre. L'immobilité liquide de la nuit environnante lui faisait ressentir une immense pitié pour lui-même. La douceur des vents apportait leur caresse ; et l'atmosphère des ténèbres dans son ensemble, songea-t-il, exprimait de la compassion à l'égard de sa détresse.

Il souhaitait, sans réserve, être de retour à la ferme pour exécuter les allers et retours incessants entre la maison et la grange, la grange et les champs, les champs et la grange, la grange et la maison. Il se souvenait d'avoir souvent voué au diable la vache tachetée ainsi que ses congénères, et d'avoir parfois envoyé dinguer les tabourets qui servaient pour la traite. Mais, de son point de vue actuel, un halo de bonheur entourait la tête de chaque bête, et il aurait sacrifié toutes les barrettes de cuivre du continent pour avoir la possibilité de s'en retourner auprès d'elles. Il se disait qu'il n'était pas fait pour être soldat. Et il s'interrogeait sérieusement sur la différence radicale qui existait entre lui et ces hommes courbés comme des diablotins autour des feux de camp.

Tandis qu'il méditait de la sorte, il entendit un froissement d'herbe et, tournant la tête, découvrit le soldat à la voix forte. Il l'appela :

— Oh, Wilson !

Ce dernier approcha et baissa les yeux.

— Ah, salut, Henry ; c'est toi ? Qu'est-ce tu fais là ?

— Oh, je réfléchissais.

Le nouveau venu s'assit et alluma précautionneusement sa pipe.

— T'as pas le moral, mon gars. T'as vraiment pas l'air dans ton assiette, sacré nom. Qu'est-ce qu'y a qui va pas, bon sang ?

— Oh, rien.

Le soldat à la voix forte se lança alors sur le sujet de la bataille à venir.

— Ce coup-là, on les tient !

Pendant qu'il parlait, son visage de garçonnet rayonnait d'un sourire joyeux, et il y avait une touche d'exultation dans sa voix :

— On les tient ! À la fin des fins, par les foudres du ciel, on va les battre à plate couture !

Il ajouta d'un ton plus grave :

— La vérité, si on la connaissait, c'est que jusqu'à présent c'est eux qui nous les ont flanquées, les volées ; mais cette fois… cette fois, c'est nous qu'allons les battre à plate couture !

— J'croyais que t'étais contre cette marche, y a pas si longtemps de ça, remarqua le jeune soldat avec froideur.

— Oh, c'était pas ça, expliqua l'autre. Ça me fait rien de marcher, du moment que c'est pour en découdre à l'arrivée. Ce que j'déteste, c'est qu'on me fasse aller d'un côté et ensuite de l'autre sans qu'y ait rien de bon qu'en sorte, pour ce que j'en sais, à part les pieds en marmelade et leurs fichues rations congrues.

— En tout cas, Jim Conklin, il dit qu'on va en avoir plein, de la bagarre, ce coup-ci.

— Pour une fois, il a pas tort, faut croire, même si j'vois pas comment ça se fait. Cette fois, on va drôlement en découdre et on est en position sacrément favorable, sûr et certain. *Gee rod!*[*] Qu'est-ce qu'on va leur mettre !

Il se leva et se mit à marcher de long en large dans son excitation. L'énergie de son enthousiasme lui donnait un pas élastique. Il était alerte, vigoureux, ardent dans sa certitude de victoire. Il contemplait l'avenir d'un œil clair et fier, et jurait avec l'assurance d'un combattant aguerri.

Le jeune soldat l'observa un moment en silence. Quand il parla enfin, sa voix était aussi amère que la lie au fond d'un verre.

— Oh, tu vas en réaliser plein, des hauts faits d'armes, j'suppose !

Le soldat qui parlait fort rejeta pensivement un nuage de fumée.

— Tu sais, j'en sais rien, remarqua-t-il avec dignité. J'en sais rien. J'suppose que j'ferai aussi bien que les autres. J'vais m'y efforcer, sacré nom.

Il était évident qu'il se complimentait lui-même pour la modestie de cette déclaration.

---

[*] Juron à caractère religieux, *Gee* pour *Jesus*, *rod* pour *God*. Un peu comme notre *Morbleu!* (Toutes les notes sont des traducteurs.)

— Comment tu sais que tu prendras pas la fuite, le moment venu ?

— Prendre la fuite ? Moi, prendre la fuite ?... Bien sûr que non ! répéta-t-il en riant.

— Eh ben, beaucoup de gars qu'étaient loin d'être des bons à rien, ils ont cru qu'y feraient des prouesses, avant, mais à l'heure de vérité, ils ont déguerpi.

— C'est bien vrai, j'suppose, mais moi, j'déguerpirai pas. Et çui qui pariera sur ma fuite, il y perdra sa mise, c'est tout.

Il hocha la tête d'un air confiant.

— Oh, tu parles ! T'es pas l'homme le plus courageux au monde, si ?

— Non, je l'suis pas, se récria l'autre avec indignation, et j'ai pas dit que j'l'étais, d'abord. J'ai dit que j'ferais ma part, dans le combat... le voilà, ce que j'ai dit. Et c'est ce que j'ferai. Pour qui tu te prends, à la fin ? Tu parles comme si t'étais Napoléon Bonaparte.

Un court instant, il jeta un regard furieux sur le jeune soldat avant de s'éloigner à grands pas.

D'une voix virulente, son cadet lança dans son dos :

— C'est pas une raison pour te fiche en rogne !

Mais l'autre poursuivit son chemin sans daigner répondre.

Une fois son camarade vexé disparu, il se sentit seul au monde. Son échec à tenter de découvrir ne fût-ce qu'un soupçon de ressemblance entre leurs points de vue le rendait encore plus misérable qu'avant. Aucun, parmi ses camarades, ne semblait se débattre avec un problème personnel aussi terrifiant. Dans sa tête, il se sentait un paria.

Il regagna lentement sa tente et s'allongea sur une couverture près du grand soldat qui ronflait. Dans l'obscurité, il se représenta une terreur aux mille voix qui murmurerait dans son dos et engendrerait sa fuite tandis que d'autres soldats œuvraient avec calme pour le bien de leur pays. Il s'avoua qu'il ne serait pas capable d'affronter ce monstre. Il avait le sentiment que chacun des nerfs de son corps serait une oreille tendue à ces voix tandis que d'autres soldats restaient sourds et inflexibles.

Et tandis qu'il suait sous le poids de ces douloureuses pensées, il percevait des phrases prononcées à voix basse et sereine : "J'mise cinq." "Moi, j'monte à six." "Sept." "Va pour sept."

Il fixa du regard le reflet rouge et tremblotant d'un feu, sur la paroi blanche de sa tente, jusqu'à ce qu'enfin, épuisé et écœuré par la monotonie de sa souffrance, il sombre dans le sommeil.

Chapitre 3

Quand une autre nuit survint, les colonnes de soldats, changées en lignes violettes, traversèrent successivement sur deux ponts flottants. Un feu aveuglant vinifiait les eaux du fleuve. Ses rayons, qui jouaient sur les masses mouvantes des troupes, faisaient jaillir ici et là de brefs reflets d'argent ou d'or. Sur l'autre rive, une succession de collines sombres et mystérieuses ondulaient sur fond de ciel. Les voix des insectes nocturnes chantaient solennellement.

Après cette traversée, le jeune soldat se convainquit qu'à chaque instant ils pouvaient être soudainement et épouvantablement assaillis depuis les profondeurs des bois menaçants. Il gardait les yeux rivés sur ces ténèbres, aux aguets. Mais son régiment parvint sans dommage à un lieu de campement et les soldats dormirent du brave sommeil de l'épuisement. Au matin, ils reçurent l'ordre de repartir avec une énergie renouvelée et durent presser le pas sur une route étroite qui s'enfonçait profondément dans la forêt.

Ce fut pendant cette marche précipitée que le régiment perdit nombre des caractéristiques de l'unité fraîchement constituée.

Les hommes avaient commencé à compter sur leurs doigts les kilomètres parcourus et ils fatiguaient. "Les pieds en compote et des rations sacrément congrues", se plaignit le soldat qui parlait fort. Il y avait beaucoup de transpiration et des récriminations à foison. Au bout d'un certain temps, ils commencèrent à se délester de leurs sacs à dos. D'aucuns les jetèrent à terre avec indifférence ; d'autres les dissimulèrent soigneusement, dans l'intention de revenir les chercher au moment opportun. Certains se débarrassèrent de leur épaisse chemise. Très vite, ils furent fort peu nombreux à porter autre chose que le strict nécessaire, vêtements, couvertures, havresacs, gourdes, armes et munitions.

— Maintenant, tu peux manger et tirer, expliqua au jeune homme le grand soldat. Et c'est tout ce que t'as besoin de faire.

Il s'effectua un passage soudain de l'infanterie lourde de la théorie à l'infanterie légère et véloce de la pratique. La troupe, soulagée de son fardeau, acquit un nouvel élan. Mais maints sacs à dos de valeur et, dans l'ensemble, de fort bonnes chemises, furent perdus.

Le régiment n'avait néanmoins pas encore l'allure d'une unité de vétérans. Les escadrons aguerris se composent généralement de très petits groupes d'hommes. Au début, quand ils avaient atteint leur position, des anciens qui déambulaient à proximité avaient remarqué la longueur de leur colonne et les avaient abordés en ces termes :

— Hé, les gars, vous appartenez à quelle brigade[*] ?

Et quand ils avaient répondu qu'ils formaient un régiment et non une brigade, les soldats plus expérimentés avaient ri et s'étaient exclamé :

— Oh, Seigneur !

Par ailleurs, il y avait une trop grande similarité au niveau des coiffures : celles d'un régiment devraient à juste titre dérouler l'histoire des couvre-chefs sur bon nombre d'années. Et, qui plus est, ne figuraient pas sur les drapeaux les

---

[*] Pendant la guerre de Sécession, la brigade équivalait à environ deux mille hommes et se composait de deux à cinq régiments. Aujourd'hui, ces deux unités sont équivalentes (environ trois mille hommes).

lettres d'or terni qui en auraient explicité l'appartenance. Les étendards étaient neufs et beaux, et le porte-drapeau en polissait d'ordinaire la hampe avec de l'huile.

Très vite, l'armée se posa à nouveau pour prendre le temps de la réflexion. L'odeur apaisante des pins emplissait les narines des hommes. Le bruit monotone des coups de hache se répercutait dans la forêt, et les insectes, oscillant sur leurs perchoirs, fredonnaient tels de vieilles femmes. Le jeune soldat en revint à sa théorie de la démonstration de force en bleu.

Mais, par une aube grise, il reçut dans la jambe un coup de pied expédié par le grand soldat et, avant d'être totalement réveillé, il se retrouva à dévaler en courant une route boisée au milieu d'hommes qui pantelaient sous les premiers effets de la vitesse. Sa gourde cognait en rythme contre sa cuisse, et son havresac tressautait doucement. À chaque enjambée, le fusil lui rebondissait un peu sur l'épaule, et rendait précaire la position de sa casquette sur sa tête.

Il entendait les hommes chuchoter des phrases hachées : "Dis… c'est quoi… cette fois ?" "Pourquoi diable… on se carapate… comme ça ?" "Billie… arrête de… m'écraser les pieds. Tu cours… on dirait… une vache…". Et la voix stridente du soldat qui parlait fort s'éleva : "Qu'est-ce qui leur prend, bon sang, à foncer si vite ?"

Le jeune soldat se dit que le brouillard humide du petit matin était mis en mouvement par la ruée d'un grand corps de troupes. Au loin retentit un crépitement de tirs soudain.

Il était désorienté. Pendant qu'il courait avec ses camarades, il s'acharnait à essayer de réfléchir, mais tout ce qu'il savait, c'était que s'il tombait, ceux qui le suivaient le piétineraient. Toutes ses facultés semblaient requises pour lui permettre de franchir les obstacles et de les éviter. Il se sentait emporté par une foule déchaînée.

Le soleil diffusait des rayons révélateurs et, un à un, des régiments apparurent à la vue, tels des hommes en armes tout juste nés de la terre. Le jeune soldat sentit que le moment était venu. Il était sur le point d'être évalué. Un court instant il se fit l'effet de se trouver face à cette heure de vérité comme un nourrisson, et la chair qui couvrait son cœur lui parut extrêmement fine. Il prit le temps de poser autour de lui un regard calculateur.

Mais il vit aussitôt qu'il lui serait impossible de fausser compagnie au régiment. Il l'enserrait de toutes parts. Et sur les quatre côtés, il y avait les règles d'airain de la tradition et des lois. Il était dans une boîte mouvante.

Tandis qu'il prenait conscience de cet état de fait, il se rendit compte qu'il n'avait jamais souhaité partir à la guerre. Il ne s'était pas engagé de son propre gré. Il y avait été entraîné de force par un gouvernement sans pitié. Et voilà qu'on le menait à l'abattoir.

Le régiment dévala une pente et traversa un petit cours d'eau en pataugeant. Le courant chagrin coulait paresseusement et, du fond de l'eau, ombragés de noir, des yeux blancs globuleux observaient les hommes.

Quand ils s'attaquèrent à la pente de la colline, sur la rive opposée, l'artillerie se mit à tonner. À ce moment-là, le jeune soldat oublia quantités de choses tout en éprouvant un soudain élan de curiosité. Il escalada la berge avec une vitesse que n'aurait pas dépassée un homme assoiffé de sang.

Il s'attendait à voir un champ de bataille.

Il y avait plusieurs petits champs ceints et enserrés par une forêt. Disséminés sur l'herbe, entre les troncs d'arbres, il distinguait des groupes restreints et des lignes mouvantes de fantassins voltigeurs qui couraient de-ci de-là en tirant sur le paysage. Une ligne de bataille se découpait en noir sur une clairière inondée de soleil qui étincelait d'une couleur orange. Un drapeau flottait au vent.

D'autres régiments escaladaient péniblement la berge. La brigade fut mise en ordre de bataille et, après un temps d'arrêt, se mit à progresser lentement à travers bois sur les traces des voltigeurs qui décrochaient en se fondant constamment dans le paysage pour réapparaître plus loin. Ils s'activaient continuellement comme des abeilles, profondément absorbés par leurs petites escarmouches.

Le jeune soldat essayait de tout observer. Il ne consacrait pas son attention à éviter arbres et branches, et ses pieds livrés à eux-mêmes ne cessaient de buter contre des pierres ou de se prendre dans des ronces. Il avait conscience que ces bataillons[*], avec leur agitation, tissaient d'un rouge dérangeant le riche tissu de verts tendres et de marrons. Cela paraissait un endroit bien mal choisi pour un champ de bataille.

Les voltigeurs placés aux avant-postes le fascinaient. Les coups de feu qu'ils tiraient dans les fourrés et sur des arbres éloignés occupant des points stratégiques lui parlaient le langage des tragédies : secret, mystérieux, solennel.

À un moment, la ligne de front de son régiment rencontra le cadavre d'un soldat. Il reposait sur le dos, les yeux rivés sur le ciel. Il était vêtu d'une tenue disgracieuse d'un marron jaunâtre. Le jeune homme remarqua que la semelle de ses chaussures était usée au point d'avoir l'épaisseur d'une feuille de papier à écrire, et que l'une d'elles, par une large déchirure, laissait pitoyablement dépasser le pied. On eût dit que le destin avait trahi ce soldat. Dans la mort, il exposait à la vue de ses ennemis la pauvreté que, vivant, il avait peut-être dissimulée à ses amis.

---

[*] Quatre cents à huit cents hommes pendant la guerre de Sécession.

Les rangs s'ouvrirent furtivement pour éviter le cadavre. Le mort invulnérable se força ainsi un passage. Le jeune soldat posa un regard aiguisé sur le visage cendreux. Le vent souleva la barbe fauve. Elle ondulait comme caressée par une main. Le jeune soldat ressentit le vague désir de tourner longuement autour du corps en l'étudiant ; l'impulsion du vivant qui essaie de lire dans les yeux sans vie la réponse à la Question.

Durant la marche, l'ardeur qu'il avait acquise quand il était hors de vue du champ de bataille s'estompa rapidement et disparut tout à fait. Sa curiosité était assez facilement contentée. Si une fois parvenu en haut de la berge, un intense spectacle l'avait entraîné dans son furieux tourbillon, il aurait pu foncer de l'avant en poussant un rugissement. Mais cette progression au sein de la nature était trop calme. Il avait le loisir de réfléchir. Avait assez de temps pour s'interroger sur lui-même et s'efforcer de tester ses réactions.

Des idées absurdes s'emparèrent de lui. Il se fit la réflexion qu'il n'aimait pas ce paysage. Il le menaçait. Un frisson glacé courut sur son échine, et son pantalon lui sembla en vérité totalement inadapté à ses jambes.

Une maison, placidement dressée au milieu de champs lointains, revêtit à ses yeux un caractère sinistre. Les ombres des bois étaient terrifiantes. Il était convaincu que dans ce paysage était tapie une horde aux yeux féroces. L'idée fugace lui vint que les généraux ignoraient tout de ces présences. C'était un immense piège. Brusquement, ces forêts proches se hérisseraient de canons de fusils. Des brigades de fer apparaîtraient sur leurs arrières. Ils seraient sacrifiés sans merci. Les généraux étaient stupides. L'ennemi ne ferait qu'une bouchée du régiment entier. Il lançait autour de lui des regards de colère, s'attendant à déceler l'approche furtive de son trépas.

Il se dit qu'il devait sortir des rangs et haranguer ses camarades. Il ne fallait pas qu'ils périssent tous comme des cochons, ce qui se produirait inévitablement s'ils n'étaient pas informés de ces périls. Les généraux étaient des idiots, pour les diriger ainsi droit sur un enclos d'abattoir. Il n'y avait dans le corps d'armée que deux yeux capables de voir la réalité. Il sortirait du rang et les haranguerait. Des mots passionnés et stridents lui montaient aux lèvres.

Leur ligne, rompue par le relief en segments mobiles, continuait de progresser calmement à travers bois et champs. Il observa les hommes qui se trouvaient le plus près de lui et vit, dans la majorité des cas, des expressions d'attention extrême, comme s'ils enquêtaient sur quelque chose qui les fascinait. Il y en avait un ou deux qui marchaient avec un air de vaillance excessive comme s'ils étaient déjà plongés dans la guerre. D'autres progressaient, on l'eût dit, sur une mince couche de glace. La majorité de ceux qui n'avaient pas encore connu le baptême du feu semblait calme et concentrée. Ils allaient voir la guerre, la bête rouge ; la guerre, le dieu gavé de sang. Et ils étaient profondément absorbés par cette approche solennelle.

En les voyant, le jeune soldat retint fermement son cri de révolte dans sa gorge. Il comprenait que même si ces hommes chancelaient de peur, ils se gausseraient de sa mise en garde. Ils se moqueraient de lui et, s'ils le pouvaient, lui jetteraient une volée de projectiles. En admettant même qu'il pût se tromper, une sortie comme celle qu'il envisageait le transformerait en ver de terre.

Il afficha alors le comportement de celui qui se sait condamné seul à des responsabilités tacites et se traîna à l'arrière en tournant vers le ciel des regards tragiques.

Il fut bientôt pris sur le fait par le lieutenant de sa compagnie, au physique d'adolescent, qui entreprit de le frapper vigoureusement avec son sabre en lui criant d'une voix forte et insolente :

— Allez, jeune homme, rejoignez les rangs immédiatement. Ici, on ne tolère pas les bouderies.

Il corrigea son pas avec la hâte appropriée. Et il détesta le lieutenant, qui était incapable d'apprécier les esprits élevés. Ce n'était qu'une brute.

Au bout d'un certain temps, la brigade s'arrêta sous la lumière de cathédrale d'une forêt. Les voltigeurs continuaient de s'affairer et de lâcher des coups de feu. À travers les travées d'arbres, on apercevait la fumée en suspens issue de leurs fusils. Parfois, elle s'élevait en petites boules rondes, blanches et compactes.

Pendant cette halte, de nombreux hommes du régiment entreprirent d'ériger des monticules devant eux. Ils utilisaient des pierres, des bouts de bois, de la terre et tout ce qu'ils pensaient apte à détourner un projectile. Certains en construisaient de relativement grands, tandis que d'autres semblaient se contenter de petits.

Cette procédure entraîna une discussion entre eux. Il y avait ceux qui souhaitaient se battre comme des duellistes, trouvant de bon ton de se présenter de toute leur taille et de se transformer, des pieds à la tête, en cible. Ils déclaraient qu'ils méprisaient les stratagèmes de plus prudents qu'eux. Mais les autres leur répondaient par des moqueries et leur montraient du doigt les soldats expérimentés, sur les flancs, qui creusaient dans la terre comme des chiens de chasse. En très peu de temps il y eut une barricade respectable sur tout le front du régiment. Presque aussitôt, cependant, ils reçurent l'ordre d'abandonner cette position.

Le jeune soldat en fut stupéfait. Il en oublia de s'inquiéter de leur progression.

— Ben alors, pourquoi ils nous ont fait marcher jusqu'ici ? s'insurgea-t-il auprès du grand soldat.

Ce dernier, avec une foi placide, se lança dans une explication alambiquée, quoiqu'il ait été contraint de laisser derrière lui un petit monticule de pierres et de terre auquel il avait consacré beaucoup de soin et de savoir-faire.

Quand le régiment fut positionné ailleurs, le souci que prenait chaque combattant de sa propre sécurité fit apparaître une nouvelle ligne de minuscules retranchements. Ils avalèrent leur repas de midi derrière la troisième défense confectionnée de la sorte. De celle-là aussi, ils reçurent l'ordre de partir. On les fit cheminer d'un endroit à un autre sans but apparent.

Le jeune soldat avait appris que, dans la bataille, un homme devenait quelque chose d'autre. C'était dans ce changement qu'il voyait son salut. Et par conséquent, cette attente représentait pour lui une épreuve. Il était pris d'une impatience fiévreuse, considérait que l'ensemble dénotait un manque de vision de la part des généraux. Il commença à s'en plaindre auprès du grand soldat.

— J'en peux plus, de tout ça, s'écria-t-il. J'vois pas quel bien ça peut nous faire de nous user les jambes pour rien.

Il voulait retourner au camp, sachant que toutes ces manœuvres n'étaient qu'une démonstration de force en bleu. Ou alors, livrer bataille et découvrir qu'il avait été bête de douter et qu'il était, en réalité, un homme d'un courage proverbial. C'était la tension due aux circonstances présentes qui lui était intolérable.

Le grand soldat philosophe jaugea un sandwich biscuit viande de porc qu'il avala nonchalamment.

— Oh, j'suppose qu'on doit aller en reconnaissance à travers la campagne rien que pour les empêcher de s'approcher trop près, pour étirer leurs lignes ou quelque chose du genre.

— Pffft, fit le soldat qui parlait fort.

— Ben moi, se récria le jeune soldat qui continuait de montrer des signes d'impatience, j'préférerais faire n'importe quoi plutôt que de parcourir la campagne à longueur de journée sans que ça serve à rien à personne sinon qu'à nous épuiser.

— Moi aussi, renchérit le soldat qui parlait fort. Ça rime à rien. J'vous le dis, moi, si quelqu'un qu'avait rien qu'un grain de bon sens commandait cette armée, elle…

— Oh, ferme-la, rugit le grand soldat. Pauvre imbécile. T'es qu'un fichu p'tit crétin. Ça fait même pas six mois que tu les as, cette vareuse et ce pantalon, et tu causes comme si…

— C'est parce que j'veux me battre, moi, l'interrompit l'autre. J'suis pas venu ici pour marcher. Ça, j'aurais pu le faire par chez moi… j'aurais pu le faire dix mille fois, le tour de la grange, si j'voulais seulement marcher.

Le grand soldat, le visage cramoisi, mangea un autre sandwich comme s'il avalait du poison par désespoir.

Mais progressivement, à mesure qu'il mâchait, son visage redevint calme et satisfait. Il lui était impossible d'enrager dans des discussions virulentes en présence de pareils sandwichs. Pendant ses repas, il affichait toujours un air de méditation bienheureuse envers la nourriture qu'il venait d'avaler. Son moral semblait alors être en communion étroite avec la bonne chère.

Il accueillait nouveaux environnements et circonstances avec une grande placidité, sortant à chaque occasion de quoi se nourrir de son havresac. Pendant les marches, il se déplaçait en adoptant le pas d'un chasseur, ne rechignant ni sur le rythme, ni sur la distance. Et il n'avait pas élevé la voix lorsqu'il avait reçu l'ordre d'abandonner ses trois petits monticules protecteurs composés de terre et de pierre, dont chacun avait représenté un chef-d'œuvre de génie militaire aussi sacré pour lui que la tombe portant le nom de sa grand-mère.

L'après-midi, le régiment reprit le même itinéraire que le matin. Le paysage, alors, cessa de représenter une menace pour le jeune soldat. Comme il l'avait vu de près, il lui était devenu familier.

Mais quand ils commencèrent à s'aventurer dans un nouveau décor, ses vieilles peurs liées à la stupidité et à l'incompétence l'assaillirent derechef, pourtant il décida cette fois de les laisser piailler à leur guise. Il était préoccupé par son problème et, en désespoir de cause, conclut que la stupidité n'avait pas grande importance.

À un moment, il crut avoir atteint la conclusion qu'il serait préférable d'être tué tout de suite pour mettre un terme à ses angoisses. Guettant ainsi la mort du coin de l'œil, il se dit qu'elle n'était rien d'autre que le repos, et fut momentanément abasourdi à la pensée qu'il ait pu se faire une telle invraisemblable montagne de la simple éventualité d'être tué. Il mourrait; il partirait pour un lieu où il serait compris. Il était inutile d'envisager, de la part d'hommes tels que le lieutenant, une appréciation juste de sa sensibilité profonde et raffinée. Pour la compréhension, il fallait attendre la tombe.

Les tirs des ennemis embusqués augmentèrent pour finir en un long crépitement. Venaient s'y mêler de lointains vivats. Une batterie de canons donna de la voix.

Presque aussitôt, le jeune soldat vit les voltigeurs détaler. Ils étaient poursuivis par les détonations des fusils. Après un temps, les éclairs chauds et dangereux des coups de feu devinrent visibles. Des nuages de fumée planaient lentement et insolemment sur les champs, tels des fantômes observateurs. Le vacarme allait crescendo, comme le grondement d'un train qui approche.

Une brigade, devant eux sur la droite, entra en action avec un rugissement qui déchira l'air. On eût dit qu'elle venait d'exploser. Puis elle resta étirée dans le lointain derrière un long mur gris qu'on devait regarder à deux fois pour s'assurer qu'il s'agissait de fumée.

Le jeune soldat, oubliant son ingénieux projet de se faire tuer, observait comme envoûté. Ses yeux s'ouvrirent grand pour suivre les mouvements des participants. Sa bouche béait partiellement.

Tout à coup, il sentit une main lourde et triste se poser sur son épaule. Échappant à sa fascination, il se retourna et vit le soldat qui parlait fort.

— C'est ma première et ma dernière bataille, mon vieux, lui annonça celui-ci d'un ton intensément lugubre.

Il était très pâle et sa lèvre de jeune fille tremblotait.

— Hein ? fit le jeune soldat au comble de la stupéfaction.

— C'est ma première et ma dernière bataille, mon vieux. Quelque chose me dit…

— Quoi ?

— J'suis qu'un cul-terreux qui va y rester dès la première et… et j'veux… j'veux que tu donnes ça… à… mes… proches.

Sa phrase se termina par un sanglot d'apitoiement sur son sort. Il tendit à son interlocuteur un petit paquet dans une enveloppe jaune.

— Bon sang, qu'est-ce…, essaya de dire encore le jeune soldat.

Mais l'autre lui jeta un regard qui semblait venir des profondeurs d'un tombeau et leva une main inerte dans un geste prophétique avant de se détourner.

Chapitre 4

La progression de la brigade s'arrêta à la lisière d'un bosquet. Ses membres s'accroupirent au milieu des arbres et pointèrent leurs fusils impatients dans la direction des champs. Ils tentèrent de voir au-delà de la fumée.

De cette brume ils virent sortir des hommes qui couraient. Certains se précipitaient en relayant des renseignements avec de grands gestes.

Les soldats du nouveau régiment regardaient et tendaient l'oreille avidement tandis que leurs langues se perdaient en commentaires sur la bataille. Ils énonçaient des rumeurs venues à tire-d'aile de nulle part.

— Paraît qu'Perry a été enfoncé avec de lourdes pertes.

— Oui, Carrott est parti à l'hôpital. Il a prétendu qu'il était malade. Ce finaud de lieutenant, il commande la compagnie G. Les gars, y disent qu'y veulent plus être sous ses ordres même si faut qu'y désertent tous pour ça. Ils l'ont toujours su que c'était un…

— L'artillerie de Hannis est prise.

— C'est pas vrai. Je l'ai vue sur not' gauche y a pas plus d'un quart d'heure.

— Ben…

— Le général, y dit qu'y va prendre le commandement du 304e quand on va passer à l'attaque, et après, y dit qu'on va se battre comme jamais y a un seul régiment qui s'est battu.

— Paraît qu'on se fait enfoncer là-bas sur not' gauche. Paraît que l'ennemi, y fait reculer not'front dans un satané marais, et qu'il a pris l'artillerie de Hannis.

— Pas du tout. Les canons de Hannis, ils étaient par là-bas y a p't'êt' une minute.

— Ce jeune Hasbrouck, y fait un bon officier. Il a peur de rien.

— J'ai rencontré un des gars de la 148e du Maine, il dit que sa brigade, elle a combattu toute l'armée rebelle pendant quatre heures sur la grand-route et qu'elle en a tué dans les cinq mille. Il dit qu'encore une bataille comme celle-là et la guerre, elle est finie.

— Bill, il a pas eu peur non plus. Pas lui! Bill, c'est pas le genre à prend' peur facilement. Il était juste fou furieux, c'est tout. Quand ce type il lui a marché sur la main, y s'est relevé et il a dit qu'sa main, il était prêt à la donner pour son pays, mais qu'y voulait bien êt' damné s'il laissait le premier fantassin venu y marcher dessus. Alors il est allé à l'hôpital sans s'préoccuper des combats. Il avait trois doigts qu'étaient écrasés. Ce fichu docteur, y voulait les amputer, et Bill, il a fait un foin de tous les diables, à ce qu'on m'a raconté. C'est un drôle de gars.

Le vacarme devant eux enfla jusqu'à donner un chœur inouï. Le jeune soldat et ses camarades se figèrent dans le silence. À travers la fumée, ils voyaient un drapeau incliné avec fureur vers l'avant. Tout près, on devinait les silhouettes estompées de soldats en mouvement. Un déferlement tumultueux d'hommes s'élança dans les prés. Un canon qui changeait de position à la vitesse d'un galop effréné dissémina les retardataires de droite et de gauche.

Un obus hurlant comme une furie annonciatrice de mort vola au-dessus des têtes courbées des troupes de réserve. Il tomba dans le bosquet et explosa avec des lueurs rouges en soulevant des jets de terre brune. Il y eut une petite averse d'aiguilles de pins.

Des balles commencèrent à siffler entre les branches et à percuter les arbres. Des feuilles et des rameaux s'affalèrent. C'était comme si mille haches brandies s'abattaient, minuscules et invisibles. Beaucoup, parmi les combattants, ne cessaient d'incliner la tête de côté ou de la rentrer dans les épaules.

Le lieutenant de la compagnie reçut une balle dans la main. Il se mit à pousser un tel déferlement de jurons qu'un rire nerveux parcourut le régiment. Les blasphèmes de l'officier avaient quelque chose de convenu, ils soulagèrent les nerfs tendus des nouvelles recrues. C'était comme s'il s'était tapé sur les doigts chez lui avec un marteau de tapissier.

Il tenait précautionneusement son membre blessé à l'écart de son flanc afin que le sang ne goutte pas sur son pantalon.

Le capitaine de la compagnie, glissant son sabre sous son bras, sortit un mouchoir et entreprit de panser la blessure. Et ils se disputèrent sur la façon dont il convenait de procéder.

Au loin, le drapeau de la bataille s'agitait follement. Il semblait lutter pour échapper à une insurmontable douleur. La fumée tourbillonnante était parsemée d'éclairs horizontaux.

Des hommes qui avaient pris leurs jambes à leur cou en émergèrent. Leur nombre grandit jusqu'à ce qu'il devienne évident que la totalité des forces engagées prenait la fuite. Le drapeau sombra soudain comme s'il se mourait. Son mouvement, lors de sa chute, fut un geste de désespoir.

Des cris de terreur montèrent derrière les écrans de fumée. Une esquisse en gris et rouge se dissolvait en une nuée d'hommes qui galopaient tels des chevaux sauvages.

Le régiment des soldats expérimentés, sur la droite et sur la gauche du 304ᵉ, se mit immédiatement à les conspuer. Au chant passionné des balles et aux hurlements de sorcières des obus se mêlèrent leurs sifflets et des lambeaux de conseils facétieux concernant les endroits où ils pouvaient se mettre en lieu sûr.

Mais le nouveau régiment avait le souffle coupé par l'horreur.

— Bon sang! Saunders s'est fait écraser! murmura l'homme qui se trouvait près du coude du jeune soldat.

Ils courbèrent l'échine et s'accroupirent comme s'il ne leur restait plus qu'à attendre les vagues ennemies.

Le jeune soldat jeta un regard fugace sur les rangs bleus du régiment. Les profils étaient figés, gravés dans la pierre, et plus tard il se souvint que le sergent de couleur se tenait les jambes écartées, comme s'il s'attendait à être projeté à terre.

La multitude qui déferlait les contournait par le flanc. Ici et là, des officiers étaient emportés par ce raz de marée, tels des débris malmenés. Ils frappaient autour d'eux de leur sabre et de leur poing gauche, tapant sur toutes les têtes qui passaient à leur portée. Ils juraient comme des bandits de grands chemins.

Un officier à cheval manifestait la colère furieuse d'un enfant gâté. De rage, il secouait tête, bras et jambes.

Un autre, le commandant de la brigade, galopait ici et là en hurlant à tue-tête. Son chapeau avait disparu et ses habits étaient en désordre. Il ressemblait à un homme qui vient de sauter du lit pour se rendre sur les lieux d'un incendie. Les sabots de sa monture menaçaient souvent le crâne des hommes en fuite, mais ils détalaient avec une chance singulière. Dans cette débâcle, ils paraissaient tous aveugles et sourds. Ils ne prêtaient aucune attention aux menaces extrêmes et épouvantables qui leur parvenaient de toutes les directions.

Par-dessus ce tumulte, on entendait fréquemment les plaisanteries sinistres des conscrits expérimentés ; mais les hommes qui battaient en retraite n'étaient apparemment pas même conscients de la présence de ces spectateurs.

Les reflets de la bataille, qui miroitaient temporairement sur les visages de ce torrent furieux, donnaient au jeune soldat l'impression que des mains, fussent-elles vigoureuses et célestes, n'auraient pu réussir à le maintenir à son poste s'il avait été doté d'une maîtrise raisonnée de ses jambes.

Sur ces visages était imprimée une épouvantable image. La lutte au cœur de la fumée avait inscrit son empreinte magnifiée sur les joues décolorées et dans les yeux affolés en proie à un désir unique.

Le spectacle de cette terreur irrépressible exerçait une force déferlante qui semblait assez puissante pour arracher bouts de bois, pierres et hommes de la surface de la terre. Il incombait aux troupes de réserve de tenir bon. Leurs visages se firent pâles et déterminés, rouges et tremblants.

Le jeune soldat parvint à isoler une petite pensée au milieu de ce chaos. Le monstre hybride qui avait provoqué la fuite des autres troupes ne s'était pas encore montré. Il résolut de le voir de ses propres yeux, après quoi, pensa-t-il, il était fort probable qu'il s'enfuie plus vite que les plus véloces de ses prédécesseurs.

Chapitre 5

Il y eut des moments d'attente. Le jeune soldat pensa à la rue de son village par une journée printanière, avant l'arrivée de la parade du cirque. Il se souvint comment le petit garçon qu'il était, frissonnant d'excitation, était resté immobile, prêt à suivre la femme décatie sur le cheval blanc, ou l'orchestre dans son chariot aux couleurs défraîchies. Il revit la route jaune, la file de gens qui faisaient la queue et les humbles maisons. Il se souvint en particulier d'un vieux monsieur qui avait pour habitude de s'asseoir sur une caisse de biscuits, devant le magasin, et qui feignait de mépriser de telles manifestations. Un millier de détails associant formes et couleurs lui revenaient à l'esprit. Le vieillard assis sur la caisse y tenait un rôle médian.

— Ils arrivent! cria quelqu'un.

Il y eut des mouvements hâtifs et des murmures chez les soldats. Ils furent pris du désir fiévreux d'avoir toutes les cartouches possibles à portée de main. Ils les rapprochèrent d'eux en les plaçant de façon variée. Ils les disposèrent avec grand soin. On eût dit que sept cents chapeaux d'élégantes étaient essayés successivement. Le grand soldat, ayant préparé son fusil, produisit une sorte de mouchoir rouge. Il était occupé à le nouer autour de son cou avec une extrême attention lorsque le cri fut relayé d'un bout à l'autre de la ligne de bataille en un grondement assourdi.

— Ils arrivent! Ils arrivent!

Le cliquetis des chiens que l'on arme retentit.

À travers les champs envahis de fumée s'avançait un grouillement marron d'hommes qui chargeaient en poussant des hurlements stridents. Ils couraient, l'échine courbée, fusils inclinés dans toutes les positions. Un drapeau, pointé vers l'avant, fonçait près de la première ligne.

Quand il les distingua, le jeune soldat fut momentanément déstabilisé par la pensée que son arme, peut-être, n'était pas prête à tirer. Il restait là à tenter de rameuter ses souvenirs défaillants afin de se rappeler le moment où il l'avait chargée, mais sans y parvenir.

Un général qui allait nu-tête immobilisa son cheval ruisselant près du colonel du 304e. Il agita son poing près du visage de son subalterne.

— Vous devez les empêcher de passer! cria-t-il sauvagement. Vous devez les empêcher de passer!

Dans son agitation, le colonel bredouilla:

— B-bien s-sûr, mon général, bien sûr, nom de nom! Nous-nous allons faire de notre... Nous allons f-f-faire... faire de notre mieux, mon général.

Ce dernier eut un geste véhément et repartit au galop. Le colonel, peut-être pour se soulager, entreprit de réprimander ses troupes tel un perroquet trempé. Le jeune soldat tourna brusquement la tête pour s'assurer que leurs arrières n'étaient pas attaqués, et vit le commandant en chef considérer ses hommes avec ressentiment comme s'il regrettait par-dessus tout de leur être associé.

— Oh, marmonnait comme pour lui-même l'homme qui se trouvait près du coude du jeune soldat, ce coup-ci on va y avoir droit! Oh, ce coup-ci on va y avoir droit!

Sur l'arrière, le capitaine de la compagnie n'avait cessé de faire les cent pas avec agitation. Il prodiguait ses encouragements à la façon d'une institutrice s'adressant à une congrégation d'écoliers penchés sur des abécédaires. Son discours était une répétition sans fin :

— Attendez pour tirer, les gars… Tirez pas avant que je vous le dise… Retenez votre tir… Attendez qu'ils soient très près… Faites pas les idiots…

La sueur ruisselait sur le visage du jeune soldat, aussi barbouillé que celui d'un gamin des rues en pleurs. Fréquemment, d'un geste nerveux, il s'essuyait les yeux sur sa manche. Il avait la bouche constamment entrouverte.

Il jeta un unique coup d'œil devant lui au champ qui fourmillait d'ennemis et cessa aussitôt de débattre de la question de savoir si son arme était chargée. Avant qu'il soit prêt à passer à l'action… avant qu'il se soit annoncé à lui-même qu'il allait combattre… il plaça le fusil docile et bien équilibré en position de tir et lâcha une première balle au jugé. Tout de suite après, il mania son arme comme si ce geste était automatique.

Il fut soudain totalement libéré d'inquiétude pour lui-même et perdit de vue tout destin menaçant. Il n'était plus un homme mais l'élément d'un tout. Il eut le sentiment que cette chose dont il faisait partie – un régiment, une armée, une cause ou un pays – était confrontée à une crise. Il était fondu à l'intérieur d'une personnalité collective dominée par un désir unique. Durant un bon moment, il n'aurait pu fuir davantage qu'un auriculaire ne peut se rebeller contre une main.

S'il avait pensé que le régiment était sur le point d'être anéanti, peut-être aurait-il pu s'en amputer. Mais les tirs qui en provenaient lui donnaient de l'assurance. Le régiment était comme un feu d'artifice qui, une fois enflammé, poursuit sur sa lancée sans se soucier des circonstances jusqu'à ce que sa vitalité explosive s'épuise.

Mille détonations et sifflements en émanaient, sur une cadence folle. Il se représenta le sol, devant eux, jonché d'ennemis vaincus.

À tout instant il avait conscience de la présence de ses compagnons autour de lui. Il ressentait la subtile confrérie des combattants, plus fortement encore que la cause pour laquelle ils se battaient. C'était une fraternité mystérieuse née de la fumée et du danger de mort.

Il avait une tâche à accomplir. Il était comme un menuisier qui, ayant fabriqué de nombreuses boîtes, en fabrique encore une autre, à la différence que ses gestes trahissent une précipitation déchaînée. Lui, en pensées, était transporté vers d'autres lieux, exactement à l'image du menuisier qui travaille tout en sifflotant et en pensant à son ami ou à son ennemi, à sa maison ou à un saloon. Et ces rêveries discontinues ne lui revinrent jamais parfaitement par la suite, mais persistaient comme une masse de formes floues.

Il commença immédiatement à éprouver les effets de l'atmosphère guerrière : une transpiration brûlante, la sensation que ses globes oculaires allaient se fendre comme des pierres surchauffées. Un rugissement cuisant emplissait ses oreilles.

Il se mit alors à voir rouge. Sentit monter en lui l'exaspération aiguë d'un animal harcelé, d'une vache placide tourmentée par des chiens. Il était pris d'une frénésie contre son fusil qui ne pouvait servir à anéantir qu'une seule vie à la fois. Éprouvait le désir de se précipiter sur l'ennemi pour l'étrangler de ses doigts. Rêvait d'un pouvoir qui lui permettrait, d'un geste, de balayer le monde dans un sens puis dans l'autre. Son impuissance lui apparaissait tout entière et faisait de sa rage celle d'une bête enragée.

Ensevelie sous la fumée de nombreux fusils, sa colère était dirigée non tant contre les hommes dont il savait qu'ils se ruaient sur lui, que contre les fantômes tourbillonnants de la bataille qui l'asphyxiaient, enfonçant leurs robes de fumée dans sa gorge parcheminée. Il luttait frénétiquement en quête d'un répit pour ses sens, cherchait de l'air comme un bébé qui étouffe se débat contre les couvertures mortelles.

Il y avait sur chaque visage un foyer de rage en fusion mêlé à une certaine expression d'intensité. Nombreux, parmi les soldats, émettaient des sons graves avec leur bouche, et ces encouragements, ces imprécations, ces prières, ces grondements contenus composaient un chant barbare, exalté, qui se propageait en un courant de bruits sous-jacent, étrange et comme psalmodié à l'unisson des accords sonores de la marche guerrière. L'homme qui se trouvait à côté du coude du jeune soldat gazouillait. Il y avait là quelque chose de doux et de tendre comme le monologue d'un enfant. Le grand soldat jurait d'une voix tonnante. De ses lèvres sortait une noire procession d'étranges blasphèmes. Soudain, un autre explosa en insultes, tel un homme qui a égaré son chapeau.

— Alors quoi, pourquoi on reçoit pas de renforts ? Pourquoi y nous envoient pas des renforts ? Y s'imaginent p't-êt'…

Le jeune soldat, dans son engourdissement guerrier, entendit ces mots comme entend celui qui somnole.

Il y avait une singulière absence de postures héroïques. Les combattants qui se penchaient et se relevaient brusquement dans leur hâte et leur fureur adoptaient une gamme d'attitudes impossibles. Les baguettes de chargement en acier tintaient et cliquetaient dans un vacarme incessant tandis que les hommes les enfonçaient furieusement dans les canons chauds des fusils. Les couvercles des boîtes de cartouches étaient tous ouverts et ballottaient stupidement au moindre mouvement. Les fusils, une fois chargés et aussitôt épaulés, faisaient feu sans cible apparente dans la fumée, ou visaient l'une des formes indistinctes et mouvantes qui, sur le champ étale devant le régiment, grandissaient encore et encore comme des pantins sous la main d'un magicien.

À l'arrière, les officiers, espacés les uns des autres, négligeaient d'adopter des poses avantageuses. Ils arpentaient les lignes de long en large, rugissant ordres et encouragements. L'ampleur de leurs hurlements était extraordinaire. Ils enflaient leurs poumons avec une volonté prodigue. Et souvent, ils adoptaient toutes les positions concevables dans leur ardeur à observer l'ennemi masqué derrière la fumée tourbillonnante.

Le lieutenant de la compagnie était tombé sur un soldat qui avait fui en hurlant dès la première volée tirée par ses camarades. En retrait des lignes, ils jouaient une petite scène en aparté. Le fuyard bredouillait en fixant des yeux penauds sur le lieutenant qui l'avait attrapé par le col et le frappait à coups redoublés. Il le ramena dans les rangs à grand renfort de brutalités. Le soldat avançait d'une démarche mécanique, lasse, ses yeux de bête rivés sur l'officier. Peut-être lui semblait-il qu'une divinité s'exprimait par la bouche de son supérieur : austère, dure, sans aucune trace de peur. Il tenta de recharger son arme, mais le tremblement de ses mains l'en empêcha. Le lieutenant fut contraint de l'aider.

Les hommes tombaient, ici et là, comme des ballots. Le capitaine de la compagnie du jeune soldat avait été tué dans une phase initiale de l'affrontement. Son corps était étendu dans la position d'un homme fatigué qui se repose, mais sur son visage était peinte une expression affligée et ébahie, comme s'il pensait qu'un de ses amis lui avait joué un tour pendable. Le soldat qui gazouillait fut blessé par une balle qui lui fit une estafilade d'où le sang ruissela abondamment sur sa figure. Il se plaqua les deux mains sur la tête. "Oh!" fit-il avant de partir en courant. Un autre grogna soudain comme s'il avait reçu un coup de matraque en plein ventre. Il s'assit par terre et posa un regard chagrin alentour. Dans ses yeux se lisait un reproche muet, vague. Plus loin, le long de la ligne de feu, un soldat qui se tenait derrière un arbre avait eu l'articulation du genou pulvérisée par une balle. Il avait immédiatement lâché son fusil et, de ses deux bras, s'accrochait au tronc. Ainsi il demeurait, s'agrippant désespérément et appelant au secours afin de pouvoir lâcher sa prise sur l'arbre.

Enfin, un hurlement d'exultation se propagea le long de la ligne vacillante. Les détonations s'atténuèrent, passant du fracas à un ultime claquement vindicatif. À mesure que la fumée refluait lentement, le jeune soldat constata que la charge avait été repoussée. Les ennemis étaient dispersés en groupes qui reculaient à regret. Il vit un homme escalader une barrière, l'enjamber avant de tirer une dernière munition. Les vagues d'attaquants s'étaient retirées, abandonnant divers *débris** sombres sur le sol.

Certains des membres du régiment poussèrent des cris de joie exaltés. Beaucoup restaient silencieux. Apparemment, ils tentaient de méditer sur cet accomplissement et leur propre mortalité.

Une fois que la fièvre eut quitté ses veines, le jeune soldat crut qu'il allait finalement suffoquer. Il prit conscience de l'atmosphère irrespirable dans laquelle il avait combattu. Il ruisselait de sueur et était aussi sale qu'un ouvrier dans

---
* En français dans le texte.

une fonderie. Il se saisit de sa gourde et avala une longue gorgée d'eau tiède.

Une phrase présentant de légères variantes parcourut la ligne de front dans les deux sens.

— Eh bien, on les a repoussés. On les a repoussés ; j'veux bien être pendu si on l'a pas fait.

Ils la prononçaient avec bonheur, échangeant des regards de fierté et des sourires crasseux.

Le jeune soldat pivota pour observer derrière lui, puis sur la droite et sur la gauche. Il ressentait la joie d'un homme qui a enfin le loisir de regarder alentour.

Sous leurs pieds se trouvaient plusieurs formes blafardes et inertes. Elles étaient disloquées dans des positions invraisemblables. Des bras étaient tordus et des nuques brisées de manière surnaturelle. Cela donnait l'impression que les morts étaient tombés d'une immense hauteur pour finir dans de telles postures. On eût dit qu'on les avait poussés du haut du ciel.

D'une position située sur l'arrière du bosquet, une batterie de canons expédiait des obus au-dessus d'eux. Tout d'abord, les éclairs que crachaient les pièces firent sursauter le jeune soldat. Il croyait qu'elles pointaient droit sur lui. À travers les arbres, il observa les silhouettes des artilleurs qui travaillaient avec promptitude et concentration. Leur tâche semblait compliquée. Il se demanda comment ils pouvaient se souvenir du fonctionnement des armes au milieu de la confusion.

Les canons étaient disposés les uns à côté des autres tels des chefs peaux-rouges. Ils se disputaient avec une violence brutale. C'était un sinistre pow-wow. Leurs servants s'activaient ici et là.

Une petite procession d'hommes blessés cheminait d'un pas lugubre vers l'arrière. C'était un écoulement de sang qui provenait du corps mutilé de la brigade.

Sur la droite et la gauche se tenaient les alignements sombres d'autres troupes. Loin devant, il crut distinguer des masses plus claires qui dépassaient en divers endroits de la forêt. Elles suggéraient plusieurs milliers de combattants.

À un moment, il aperçut un minuscule canon qui filait sur la ligne d'horizon. Les minuscules cavaliers cinglaient leurs minuscules montures.

Du versant d'une colline montèrent des acclamations et des bruits de heurts. De la fumée s'éleva lentement entre les feuilles.

L'artillerie s'exprimait dans des cris oratoires assourdissants. Ici et là apparaissaient des bannières où dominait le rouge des bandes. Elles projetaient des taches de couleur chaude sur les lignes sombres des soldats.

Le jeune homme ressentit l'émotion familière à la vue des oriflammes. On eût dit des oiseaux magnifiques qu'étrangement l'orage n'effraie pas.

Tandis qu'il prêtait l'oreille au vacarme provenant de la colline, à la pulsation grave d'un tonnerre qui grondait loin sur sa gauche, et aux moindres clameurs qui s'élevaient dans de nombreuses directions, l'idée s'imposa à lui qu'ils combattaient également, là-bas, là-bas aussi et encore là-bas. Jusqu'alors, il avait supposé que la totalité de la bataille se déroulait juste sous son nez.

Quand il regarda autour de lui, il éprouva une stupéfaction soudaine en découvrant le ciel bleu et pur, et les rayons du soleil éclairant les arbres et les champs. Il était surprenant que la Nature ait poursuivi tranquillement son glorieux processus au milieu de tant de malignité.

Chapitre 6

Le jeune soldat revint lentement à la réalité. Il parvint progressivement à retrouver de l'estime à son propre égard. Pendant plusieurs instants, il s'était scruté avec sidération comme s'il ne s'était jamais réellement vu auparavant. Alors il ramassa sa casquette sur le sol. Il se tortilla dans sa vareuse afin d'y être plus à son aise et, genou en terre, relaça son soulier. Il essuya pensivement son visage couvert de sueur.

Ainsi donc, tout était terminé ! L'examen suprême avait été franchi. Les rouges et terrifiantes épreuves de la guerre avaient été vaincues.

Il fut gagné par une autosatisfaction extatique. C'étaient les sensations les plus délicieuses de sa vie. Comme un spectateur extérieur à lui-même, il revit la dernière scène et constata que l'homme qui avait combattu de la sorte était magnifique.

Il eut la sensation qu'il était un type bien. Il se représenta au niveau de ces idéaux qu'il avait jugés inaccessibles. Il eut un sourire de profond contentement.

Il contempla ses camarades avec un regard radieux, débordant de tendresse et de bienveillance.

— *Gee !* Y fait rudement chaud, hein ? dit-il avec affabilité à un homme qui frottait son visage ruisselant sur ses manches.

— Tu peux le dire ! répondit l'autre avec un sourire avenant. J'ai jamais vu une satanée chaleur pareille. (Il s'allongea voluptueusement par terre.) *Gee*, tu peux le dire ! Et j'espère qu'on aura plus à se battre avant lundi en huit.

Il y eut des échanges de poignées de mains et des discussions graves avec des hommes dont les traits lui étaient connus, mais avec qui il se sentait désormais frère de sang. Il aida un camarade qui se perdait en jurons à panser sa blessure au tibia.

Mais, tout à coup, des cris de stupéfaction se répercutèrent dans les rangs du nouveau régiment.

— Les v'là qui rappliquent ! Les v'là qui rappliquent !

Celui qui s'était étendu sur le sol se releva et s'exclama :
— *Gosh !*[*]

Le jeune soldat tourna rapidement ses regards vers le champ. Il discerna des silhouettes qui émergeaient en masse d'un bois distant. Il vit à nouveau le drapeau incliné foncer dans leur direction.

Les obus qui, durant un moment, avaient cessé de harceler le régiment, recommencèrent à plonger du ciel pour exploser dans l'herbe ou parmi les feuilles des arbres. On eût dit d'étranges fleurs de guerre qui s'ouvraient dans une ardente floraison.

Les soldats gémirent. Le lustre disparut de leurs yeux. Leurs visages souillés trahissaient maintenant un intense abattement. Ils bougèrent lentement leurs corps raidis et observèrent avec une humeur maussade l'approche féroce de l'ennemi. Les esclaves ployant sous le labeur, dans le temple de ce dieu, commencèrent à sentir croître leur révolte devant les tâches cruelles par lui imposées.

Ils s'agitèrent et protestèrent en s'adressant les uns aux autres.

— Oh, dis donc, faut quand même pas exagérer ! Pourquoi personne nous envoie des renforts ?

---

[*] Euphémisme pour remplacer *God !*

— On va jamais pouvoir y résister, à cette deuxième attaque. J'suis pas venu ici pour affronter cette fichue armée rebelle à moi tout seul.

Il y en eut un qui poussa une morne lamentation.

— J'aurais préféré qu'ça soit Bill Smithers qui m'ait marché sur la main au lieu que c'est moi qu'ai marché sur la sienne.

Les articulations douloureuses du régiment grincèrent tandis que les hommes se mettaient péniblement en position de refouler l'ennemi.

Le jeune soldat regardait de tous ses yeux. Sûrement, pensa-t-il, pareille absurdité ne pouvait se produire. Il attendit comme s'il imaginait que l'armée adverse allait s'arrêter dans son élan, présenter ses excuses et se retirer avec une courbette. Ce ne pouvait être qu'une erreur.

Mais les coups de feu commencèrent à retentir quelque part sur le front du régiment et à crépiter dans les deux directions. Les nappes de flammes horizontales provoquèrent de grands nuages de fumée qui, un court moment, plongèrent en tourbillons vers le sol, poussés par un vent léger, avant de s'enrouler en volutes parmi les rangs comme à travers une grille de cheminée. Dans les rayons du soleil ils se teintèrent d'un jaune terreux et, dans l'ombre, d'un bleu triste. Le drapeau était parfois englouti et égaré dans cette masse de vapeur, mais la plupart du temps il ressortait, caressé par le soleil, resplendissant.

Dans les yeux du jeune soldat apparut le regard que l'on peut voir dans ceux d'un cheval las. Son cou tremblait de faiblesse nerveuse et les muscles de ses bras lui donnaient une impression d'engourdissement et de manque d'irrigation. Ses mains, également, semblaient immenses et maladroites, comme s'il portait d'invisibles mitaines. Et il flageolait sur ses jambes.

Des mots prononcés par des camarades avant la fusillade commencèrent à lui revenir. "Oh, dis donc, faut quand même pas exagérer ! Pour qui y nous prennent… Pourquoi y nous envoient pas des renforts ? J'suis pas venu pour affronter cette fichue armée rebelle à moi tout seul."

Il commença à s'exagérer l'endurance, le savoir-faire et la valeur de ceux qui arrivaient. Lui-même, vacillant d'épuisement, était stupéfait au-delà de l'entendement par semblable persévérance. Ce devaient être des machines d'acier. C'était particulièrement lugubre de lutter contre ces mécanismes, remontés peut-être pour en découdre jusqu'au coucher du soleil.

Il leva lentement son fusil et, repérant fugitivement le champ envahi d'ennemis, fit feu en direction d'un groupe qui courait. Puis il cessa et entreprit de regarder le plus attentivement possible à travers la fumée. Il obtint différents aperçus du sol envahi d'hommes, tous occupés à se ruer comme des diablotins pourchassés et hurlants.

Pour le jeune soldat, c'était une charge de redoutables dragons. Il était semblable à l'homme qui perd ses jambes à l'approche du monstre rouge et vert. Il attendit dans une sorte d'attitude horrifiée, aux aguets. Il sembla fermer les yeux, s'attendant à être avalé gloutonnement.

Un soldat, près de lui, qui jusque-là s'était acharné fiévreusement sur son fusil, cessa brusquement et s'enfuit en poussant des hurlements. Un garçon dont le visage avait affiché une expression de courage exalté, la majesté de celui qui ose sacrifier sa vie, fut, en l'espace d'une seconde, frappé d'abjection. Il devint livide comme un homme qui s'avance au bord d'une falaise à minuit et retrouve soudain sa clairvoyance. Une révélation eut lieu. Lui aussi jeta son arme et prit ses jambes à son cou. Nulle honte ne se lisait sur son visage. Il filait comme un lapin.

D'autres commencèrent à déguerpir à travers la fumée. Le jeune soldat tourna la tête, arraché à sa fascination par ce reflux donnant l'impression que le régiment l'abandonnait derrière lui. Il distingua quelques silhouettes en fuite.

Alors, il hurla de terreur et pivota sur place. Un court instant, au cœur de l'immense clameur, il fut comme le poulet du proverbe. Il ne savait plus où se trouvait la sécurité. La destruction le menaçait de toutes parts.

Il se prit alors à foncer vers l'arrière à grands bonds. Il n'avait plus ni fusil ni casquette. Sa vareuse déboutonnée se gonflait au vent. Le couvercle de sa boîte à cartouches battait follement, et sa gourde, attachée par ses fins cordons, se balançait dans son dos. Sur son visage se succédaient toutes les horreurs de ces choses qu'il imaginait.

Le lieutenant sauta devant lui en beuglant. Le jeune soldat vit ses traits rouges de colère, il le vit faire le geste de le frapper du plat de son sabre. La seule pensée que lui inspira l'épisode fut que son supérieur était une créature étrange pour s'intéresser à pareilles choses en semblables circonstances.

Il courait en aveugle. Deux ou trois fois il tomba. Une autre, il se cogna l'épaule si fort contre un arbre qu'il s'étala de tout son long.

Depuis qu'il avait tourné le dos au combat, ses peurs avaient été prodigieusement magnifiées. La mort qui s'apprêtait à le frapper entre les omoplates était beaucoup plus effrayante que celle qui s'était apprêtée à le frapper entre les deux yeux. Lorsqu'il y repensa par la suite, il théorisa qu'il est préférable de regarder l'épouvantable en face que de n'en être qu'à portée d'oreille. Les bruits de la bataille étaient semblables à des pierres ; il lui semblait qu'il était voué à être écrasé.

En continuant de courir sur sa lancée, il se mêla à d'autres. Il vit vaguement des hommes sur sa droite et sur sa gauche, entendit des bruits de pas derrière lui. Il se dit que le régiment tout entier était parti en débandade, poursuivi par ces fracas sinistres.

Dans sa fuite, ces bruits de pas qui le suivaient lui apportaient un maigre soulagement. Il avait le sentiment vague que la mort devait faire son premier choix parmi les hommes les plus proches d'elle ; les morceaux initiaux offerts aux dragons seraient donc ceux qui le suivaient. Il déploya par conséquent toute l'énergie d'un sprinter fou au service de son intention de maintenir son avance. C'était une course.

Quand, à la tête des fuyards, il traversa un petit champ, il se trouva dans une zone visée par les obus. Ils volaient au-dessus de sa tête avec de longs hurlements déments. En les entendant, il les imagina dotés de rangées de dents cruelles qui tournaient vers lui leur sourire mauvais. L'un d'eux percuta le sol devant lui et la lumière vive de l'explosion lui barra totalement le passage dans la direction qu'il avait choisie. Il s'aplatit au sol et, se relevant d'un bond, fonça à travers des buissons.

Il ressentit une bouffée de stupeur quand il arriva en vue d'une batterie de canons en action. Les hommes qui la servaient semblaient afficher une humeur normale, complètement inconscients de l'anéantissement imminent. Les pièces d'artillerie se querellaient avec un antagoniste lointain, et les artificiers étaient emplis d'admiration au spectacle de leur propre tir. Ils se penchaient continuellement au-dessus des canons dans des postures encourageantes. Ils semblaient leur donner de petites tapes sur le dos et les exhorter par leurs paroles. Imperturbables et nullement intimidées, les armes s'exprimaient avec une vaillance tenace.

Les artilleurs précis déployaient un enthousiasme tranquille. Dès qu'ils en avaient l'occasion, ils levaient les yeux vers le tertre couronné de fumée d'où l'artillerie adverse les apostrophait. Dans sa course, le jeune soldat les plaignit. Pauvres idiots méthodiques ! Aussi stupides que des machines ! La joie raffinée consistant à planter des obus au milieu des canons ennemis semblerait bien dérisoire quand l'infanterie sortirait des bois pour fondre sur eux.

Le visage d'un cavalier juvénile, qui tirait sur les rênes de son cheval fou de terreur avec, dans l'attitude, un relâchement qu'il aurait pu afficher dans une paisible cour de ferme, s'imprima profondément dans son esprit. Il sut qu'il contemplait un homme qui serait bientôt mort.

Il ressentait aussi de la pitié pour les canons qui se tenaient, tels six bons camarades, témérairement alignés.

Il vit une brigade s'élancer à la rescousse de ses camarades harcelés. Il escalada péniblement une minuscule colline et observa la troupe qui se déployait magnifiquement, restant en formation dans des endroits difficilement praticables. Le bleu de la ligne était incrusté de reflets métalliques, et les drapeaux flamboyants dépassaient. Des officiers criaient.

Ce spectacle aussi le remplit d'étonnement. La brigade se hâtait vivement pour se faire engloutir par les bouches infernales du dieu de la guerre. Quel genre d'hommes étaient-ils donc ? Ah ! Ce devait être une race d'exception ! Ou alors ils ne comprenaient pas... les imbéciles.

Un ordre rageur causa des perturbations dans l'artillerie. Un officier monté sur un cheval bondissant effectuait des gestes exaltés avec ses bras. Les attelages s'approchèrent par l'arrière, les canons pivotèrent et l'artillerie décampa. Les canons dont la gueule était pointée à l'oblique vers le sol marmonnaient et grommelaient comme des hommes massifs, qui restaient braves mais objectaient à cette précipitation.

Le jeune soldat reprit sa fuite, modérant son allure puisqu'il avait quitté le royaume du vacarme.

Plus tard, il se trouva en présence d'un général de division assis sur un cheval dont les oreilles étaient dressées à l'affût des bruits de la bataille. Il y avait quantité de cuir verni et de reflets cuivrés au niveau de la selle et des brides. L'homme silencieux assis à califourchon donnait l'impression d'être d'un gris souris sur un si splendide destrier.

Un état-major cliquetant galopait ici et là. Par moments, le général était entouré de cavaliers, à d'autres, il se retrouvait absolument seul. Il semblait très las. On eût dit un homme d'affaires dans un marché boursier fluctuant.

Le jeune soldat s'approcha furtivement de ce lieu. Il vint aussi près qu'il l'osait, tentant de percevoir les paroles échangées. Peut-être le général, incapable de comprendre ce chaos, ferait-il appel à lui pour obtenir des informations. Et il pourrait l'informer. Il savait tout de la situation. De toute évidence, l'armée était dans une situation périlleuse et le premier crétin venu pouvait voir que s'ils ne se repliaient pas tandis qu'ils en avaient encore la possibilité, eh bien…

Il fut pris d'envie de rosser le général ou, tout du moins, de l'approcher et de lui déclarer sans ambages exactement ce qu'il pensait de lui. Il était criminel de rester calmement planté en un endroit et de ne faire aucune tentative pour retarder la destruction. Il s'attarda avec l'ardent espoir que le chef de la division aurait recours à lui.

Alors qu'il s'éloignait avec circonspection, il entendit le général commander d'une voix irritée :

— Tompkins, allez trouver Taylor et dites-lui de pas se précipiter comme ça ; dites-lui d'immobiliser sa brigade à la lisière des bois; dites-lui de détacher un régiment... dites-lui qu'à mon avis, le centre va céder si on le renforce pas un peu; dites-lui de se dépêcher.

Un jeune cavalier élancé, monté sur un alezan, reçut ces mots rapides de la bouche de son supérieur. Dans sa hâte à remplir sa mission et alors qu'il était presque à l'arrêt, il lança son cheval au galop. Un nuage de poussière s'éleva.

Un moment plus tard, le jeune soldat vit le général s'agiter sur sa selle au comble de l'enthousiasme.

— Oui, par le ciel, ils ont réussi!

Il se pencha en avant. L'excitation enflammait son visage:

— Oui, par le ciel, ils ont tenu! Ils ont tenu!

Il commença à pousser des cris d'allégresse en s'adressant à son état-major.

— Ce coup-là, on va leur mettre une tannée. Ce coup-là on va leur mettre une tannée. On les tient, là, c'est sûr.

Il se tourna brusquement vers un aide de camp.

— Tenez... vous... Jones... vite... rattrapez Tompkins... allez trouver Taylor... dites-lui de foncer... sans faiblir... comme la foudre... et tout et tout.

Tandis que l'officier s'élançait à la poursuite du premier messager, le général rayonnait tel un soleil sur la terre. Dans ses yeux se lisait le désir d'entonner un chant de louanges. Il ne cessait de répéter:

— Ils ont tenu, par le ciel!

Son excitation énervait le cheval qui ployait l'encolure, mais il se contentait de lui expédier de joyeux coups de talon en le couvrant de jurons. Il se livrait sur sa selle à une petite parade enjouée.

Chapitre 7

Le jeune soldat eut un mouvement de recul comme s'il avait été pris en flagrant délit de commettre un crime. Par le ciel, ils avaient gagné, finalement! La ligne de front des imbéciles avait tenu ses positions et était sortie victorieuse. Il entendait des cris de triomphe.

Il se dressa sur la pointe des pieds pour regarder dans la direction des combats. Un brouillard jaune paressait à la cime des arbres. En dessous, il entendait le crépitement des armes à feu. Des cris rauques soulignaient une avancée.

Il se détourna, ébahi et furieux. Il avait le sentiment d'avoir été dupé.

Il avait fui, se dit-il, parce que l'anéantissement était proche. Il avait eu un geste positif en sauvegardant sa vie, car il représentait un élément infime de l'armée. Il avait considéré cet instant, argua-t-il, comme l'un de ceux où le devoir de chaque élément infime est de se sauver si cela est possible. Par la suite, les officiers pourraient assembler ces éléments infimes et reconstituer une ligne de front. Si aucun d'eux n'avait assez de sagesse pour échapper aux spasmes de la mort en un moment pareil, eh bien, qu'en irait-il de l'armée? Il était absolument évident qu'il s'était conformé à des règles parfaitement adaptées et recommandables. Ses actes avaient démontré beaucoup de sagacité. Ils témoignaient de son sens de la stratégie. C'était là l'œuvre de jambes appartenant à un grand tacticien.

Des pensées associées à ses camarades lui vinrent. La frêle ligne bleue avait résisté aux assauts et elle l'avait emporté. Il en éprouva de l'amertume. Il avait le sentiment que l'ignorance aveugle et la stupidité de ces infimes éléments l'avaient trahi. Il avait été renversé et écrasé par le manque de sens commun qu'ils avaient démontré en défendant cette position, alors qu'une réflexion intelligente les aurait convaincus que c'était impossible. Lui, l'homme éclairé qui voyait au loin dans les ténèbres, avait pris la fuite en raison d'un savoir et d'une sagacité supérieurs. Il ressentait une immense colère à l'égard de ses camarades. Il savait que l'on pouvait établir leur imbécillité.

Il se demanda ce qu'ils diraient quand, plus tard, il ferait son apparition au camp. Dans sa tête, il entendit des hurlements ironiques. Leur esprit obtus ne leur permettrait pas de comprendre la finesse de sa position.

Il commença à s'apitoyer vivement sur son sort. Il était indignement mal traité. Il était foulé aux pieds d'une injustice d'airain. Il avait procédé avec sagesse et conformément aux mobiles les plus vertueux qui pussent exister sous le bleu de la voûte céleste, uniquement pour subir les déboires dépendant de circonstances détestables.

Il monta en lui une révolte sourde, animale, contre ses compagnons, contre la guerre en tant qu'abstraction, contre le destin contraire. Il s'éloigna en traînant les pieds, tête basse, avec dans le cerveau une grande confusion de douleur atroce et de désespoir. Quand il levait ses yeux démoralisés, tremblant au moindre son, il avait l'expression du criminel qui considère sa culpabilité limitée mais son châtiment démesuré, et sait qu'il ne peut trouver de mots.

Il quitta les champs pour s'enfoncer dans des bois denses comme s'il avait résolu de s'y enterrer. Il voulait ne plus être à portée des détonations sèches qui lui faisaient l'effet de voix.

Le sol était encombré de plantes grimpantes et de broussailles, et les arbres qui poussaient à proximité les uns des autres étalaient leurs branches en bouquets. Il était contraint de se forcer un passage en faisant beaucoup de bruit. Les plantes qui couraient sur le sol s'accrochaient à ses jambes et poussaient des cris âpres lorsque leurs pousses étaient arrachées de l'écorce des troncs. Les arbustes qui bruissaient essayaient de dénoncer sa présence au monde. Il ne pouvait se concilier la forêt. Au fil de sa progression, elle ne cessait d'émettre des protestations. Quand il séparait les enlacements d'arbres et de plantes grimpantes, les feuillages brusqués agitaient leurs bras et tournaient vers lui les visages de leurs feuilles. Il redoutait que ces mouvements bruyants et ces cris incitent des hommes à regarder dans sa direction. Aussi s'enfonça-t-il loin, cherchant des endroits sombres et difficiles d'accès.

Au bout d'un certain temps les échos des détonations s'atténuèrent et les canons tonnèrent au loin. Le soleil, apparaissant soudain, déversa ses rayons sur les arbres. Les insectes émettaient des bourdonnements rythmés. Ils semblaient grincer des dents à l'unisson. Un pic avança sa tête derrière le tronc d'un arbre. Un oiseau passa dans un vol enjoué.

Effacé était le grondement de la mort. Il semblait désormais que la Nature n'avait pas d'oreilles.

Ce paysage lui redonna de l'assurance. Un champ riant qui préservait la vie. C'était la religion de la paix. Elle se mourrait si ses yeux pudiques étaient contraints de contempler le sang. Il se représentait la Nature comme une femme dotée d'une profonde aversion pour la tragédie.

Il jeta une pomme de pin à un écureuil jovial qui s'enfuit dans un glapissement de peur. Parvenu tout en haut d'un arbre il s'arrêta et, avançant prudemment la tête derrière une branche, regarda en bas d'un air plein d'émoi.

À ce spectacle, le jeune soldat eut un sentiment de triomphe. C'était la loi, dit-il. La Nature lui avait adressé un signe. L'écureuil avait à peine identifié un danger qu'il avait détalé sans cérémonie. Il n'était pas resté imperturbablement pour exposer la fourrure de son ventre à un projectile et agoniser le regard tourné vers les cieux compatissants. Au contraire, il avait fui aussi vite que ses pattes pouvaient le porter ; et ce n'était qu'un écureuil ordinaire, en plus : à coup sûr, pas un philosophe au sein de son espèce. Le jeune soldat poursuivit son chemin en se disant que la Nature était de son avis. Elle renforçait son argumentation avec des preuves qui vivaient là où brillait le soleil.

À un moment il se retrouva presque dans un marécage. Il fut obligé de marcher sur des touffes de tourbières et de surveiller ses pieds pour échapper à la fange huileuse. Faisant halte un instant pour regarder alentour, il vit, à un endroit où il y avait de l'eau noire, un petit animal plonger et émerger aussitôt avec un poisson luisant.

À nouveau, le jeune soldat s'enfonça dans d'épais fourrés. Les branches qu'il déplaçait faisaient un bruit qui couvrait celui du canon. Il continua d'avancer, passant de l'obscurité à la promesse d'une obscurité plus grande.

Il finit par atteindre un lieu où les rameaux, qui s'élevaient comme une voûte, dessinaient une chapelle. Il écarta délicatement les portes vertes puis entra. Des épines de pins formaient un doux tapis marron clair. Il régnait une religieuse lumière tamisée.

Près du seuil il s'immobilisa, frappé d'horreur à la vue qui s'offrait à lui.

Un homme mort, assis, dos appuyé contre le tronc d'un arbre semblable à une colonne, le dévisageait. Le cadavre était vêtu d'un uniforme qui avait été bleu autrefois, mais avait pris une mélancolique nuance verte. Les yeux, fixés sur le jeune soldat, avaient acquis la teinte terne que l'on voit au flanc des poissons morts. La bouche était ouverte. Son rouge avait viré à un jaune épouvantable. Sur la peau grise du visage couraient de petites fourmis. Sur la lèvre supérieure, l'une d'elles traînait une sorte de fardeau.

Il poussa un cri aigu quand il se trouva face au corps. Un long moment il resta statufié. Il demeurait là, le regard braqué sur les yeux qui semblaient liquides. Le mort et le vivant échangèrent un long regard. Puis le jeune soldat tendit derrière lui une main précautionneuse qu'il posa contre un arbre. Prenant appui, il recula, un pas après l'autre, le visage toujours face à la chose. S'il tournait le dos, il craignait que le corps se lève d'un bond à la dérobée et le poursuive.

Les branches qui le repoussaient menaçaient de le projeter sur le mort. Ses pieds aussi, qui avançaient aveuglément et se prenaient de manière exaspérante dans les ronces ; et tout cela réuni lui suggérait discrètement de toucher la chose. Lorsqu'il imagina sa main se poser dessus, il fut secoué d'un profond frisson.

Il finit par briser les liens qui l'avaient tenu attaché à cet endroit et s'enfuit sans se protéger des broussailles. Il était hanté par l'image des fourmis noires qui grouillaient voracement sur le visage gris et s'aventuraient horriblement près des yeux.

Peu après, il marqua un temps d'arrêt et, haletant, à court de souffle, prêta l'oreille. Il imagina une voix atroce monter de la gorge morte et le poursuivre d'épouvantables et rauques menaces.

Les arbres qui environnaient le portail de la chapelle se balançaient dans des soupirs sous une brise légère. Un silence triste pesait sur le petit édifice vigilant.

Chapitre 8

Les arbres commencèrent doucement à chanter un hymne au crépuscule. Le soleil sombra jusqu'à ce que des rayons de bronze frappent obliquement la forêt. Il y eut une accalmie dans les bruits émis par les insectes, comme s'ils avaient incliné leur appareil bucal pour observer une pause pleine de piété.

Puis, sur ce silence, éclata soudain un tintamarre assourdissant. Un rugissement écarlate retentit dans le lointain.

Le jeune soldat s'immobilisa. Il était paralysé d'horreur par cet épouvantable mélange d'échos multiples. C'était comme si des mondes s'ouvraient en deux. Il y avait le déchirement de la fusillade et les explosions sonores des pièces d'artillerie.

Ses pensées s'envolaient dans toutes les directions. Il se représenta les deux armées se déchirant avec la férocité de panthères. Il écouta un moment. Puis il partit en courant en direction de la bataille. Il comprit qu'il était ironique qu'il se précipitât ainsi vers ce qu'il s'était donné tant de mal à éviter. Mais il songea que si la lune et la terre étaient sur le point d'entrer en collision, beaucoup de personnes envisageraient sans nul doute de grimper sur les toits pour assister au choc.

Tandis qu'il courait, il prit conscience que la forêt avait cessé sa musique, comme si elle avait enfin acquis la faculté d'entendre les bruits étrangers. Les arbres faisaient silence et demeuraient immobiles. Toute chose semblait écouter les craquements, les crépitements et le tonnerre qui faisait vibrer les tympans. Ce concert de déflagrations éclatait au-dessus de la terre silencieuse.

Le jeune soldat prit soudain conscience que les combats auxquels il avait participé n'avaient été, en vérité, que des escarmouches pour la galerie. En prêtant l'oreille au vacarme présent, il douta d'avoir assisté à de véritables scènes de bataille. Seul un affrontement céleste pouvait expliquer ce fracas; c'étaient des déferlements de hordes qui combattaient dans les airs.

A posteriori, il vit un certain humour dans son propre point de vue et celui de ses camarades lors de l'escarmouche précédente. Ils s'étaient pris très au sérieux, eux et leurs ennemis, et avaient considéré que le sort de la guerre en était jeté. Ils avaient dû individuellement s'imaginer qu'ils gravaient profondément les lettres de leur nom dans des tablettes de cuivre éternelles, ou ensevelissaient leur réputation à jamais dans le cœur de leurs compatriotes alors que, dans les faits, l'épisode serait mentionné dans des rapports imprimés sous un titre sans éclat, évanescent. Mais il comprit que c'était une bonne chose sinon, se dit-il, tout le monde s'enfuirait à coup sûr dans la bataille à l'exception de ceux qui avaient abandonné tout espoir et de ceux de leur espèce.

Il poursuivit rapidement son chemin. Il désirait parvenir à la lisière de la forêt afin de pouvoir scruter les environs.

Pendant qu'il se hâtait se succédèrent dans son esprit des images de conflits fantastiques. Les pensées qu'il avait accumulées sur ce genre de sujet lui servirent à former des tableaux. Le bruit était comme la voix dont le rôle était de décrire.

Parfois, les ronces formaient des chaînes et tentaient de le retenir. Des arbres, se dressant devant lui, écartaient leurs bras et lui interdisaient le passage. Après son hostilité antérieure, cette nouvelle résistance que lui opposait la forêt le remplit d'une amertume délicate. Il semblait que la Nature ne pût se décider à le tuer.

Mais il prenait obstinément des chemins détournés et se trouva bientôt dans un endroit d'où il voyait de grands murs de vapeur grise là où étaient situées les lignes de front. Les voix des canons l'ébranlaient. Les fusillades résonnaient en longues vagues irrégulières qui lui mettaient les oreilles en charpie. Il demeura là un moment, regardant. Ses yeux avaient une expression de terreur. Il ouvrait grand la bouche en direction des combats.

Très vite, il reprit sa progression. Pour lui, la bataille était comme le broyage effectué par une immense et terrifiante machine. Ses rouages complexes, ses pouvoirs, son fonctionnement sinistre le fascinaient. Il fallait qu'il s'en approche pour la voir produire des cadavres.

Il parvint à une clôture qu'il escalada. De l'autre côté, la terre était jonchée de vêtements et de fusils. Un journal, plié, reposait sur le sol. Un soldat mort gisait, la tête dissimulée par son bras. Plus loin dormait un groupe de quatre ou cinq cadavres qui se tenaient funèbrement compagnie. Un soleil brûlant avait calciné les environs.

En ce lieu, il se fit l'impression d'être un envahisseur. Ce coin oublié du champ de bataille était la propriété des morts et il se hâta, avec la vague appréhension que l'un des corps enflés se relève pour lui ordonner de passer son chemin.

Il parvint enfin à une route d'où il distinguait, au loin, des éléments de troupes sombres et agités qui se détachaient sur la fumée. Le passage était obstrué par une cohue maculée de sang qui s'écoulait vers l'arrière. Les hommes blessés poussaient des imprécations, se plaignaient, gémissaient. Il y avait dans l'air, constamment, un déferlement sonore puissant qui semblait à même de faire tanguer la terre. Aux mots courageux de l'artillerie et aux phrases cruelles des fusils se mêlaient de rouges vivats. Et de ce royaume de bruits provenait le flot régulier des infirmes.

Un des blessés avait la chaussure emplie de sang. Il sautillait comme un écolier qui participe à un jeu. Riait hystériquement.

Un deuxième jurait qu'il avait été blessé au bras à cause des erreurs de stratégie du général qui commandait l'armée. Un troisième défilait dans une posture imitant quelque sublime tambour-major. Sur ses traits se lisait un mélange profane de gaieté et de douleur extrême. Tout en marchant, il chantait de mauvais refrains d'une voix haute et chevrotante:

> *Entonne le chant de la victoire*
> *Les poches remplies de balles*
> *Vingt-cinq soldats morts*
> *Cuits dans une... tarte.*[*]

Une partie de la procession boitait et trébuchait au rythme de la chanson.

Un quatrième avait déjà le sceau gris de la mort inscrit sur le visage. Ses lèvres étaient retroussées en deux lignes dures et ses dents serrées. Ses mains en sang pour avoir été pressées sur sa blessure. Il semblait attendre le moment où il lui faudrait s'effondrer la tête la première. Il progressait

---

[*] Sur l'air d'une *nursery rhyme* dont seule la dernière ligne est ici respectée : "*Sing a song of six pence / A pocket full of rye / Four and twenty blackbirds / Baked in a pie*".

à grands pas tel le spectre d'un soldat, ses yeux brûlant du pouvoir conféré par un regard qui sonde l'inconnu.

Il en était qui avançaient à contrecœur, pleins de colère à l'égard de leurs blessures et prêts à se révolter contre n'importe quoi en tant que cause obscure universelle.

Un officier était porté par deux simples soldats. Il était d'une humeur exécrable.

— Arrêtez de me secouer comme ça, Johnson, espèce d'idiot, se récriait-il. Vous croyez qu'elle est en fer, ma jambe? Si vous êtes pas capable de me porter correctement, posez-moi et laissez quelqu'un d'autre s'en charger.

Il braillait à la multitude titubante qui entravait la progression rapide de ses porteurs:

— Hé! Écartez-vous, c'est pas trop vous demander? Écartez-vous, bande de démons égoïstes.

La foule cédait le passage en bougonnant et allait sur les bas-côtés. Quand il passait, elle lui lançait des commentaires hardis. Et lorsqu'il lui retournait des réponses furibardes et la menaçait, elle l'envoyait au diable.

Dans son cheminement, un des porteurs heurta violemment de l'épaule le soldat spectral aux yeux qui sondaient l'inconnu.

Le jeune soldat se joignit à cette foule et l'accompagna dans sa marche. Les corps torturés dénonçaient l'épouvantable machinerie dans laquelle les hommes avaient été entraînés.

Des aides de camps et des ordonnances forçaient de temps à autre le passage à travers la cohue, éparpillant des blessés de droite et de gauche sur la route, fonçant au galop, poursuivis par des hurlements. La procession mélancolique était continuellement dérangée par les messagers et, parfois, par des pièces d'artillerie pressées qui fonçaient sur elle en oscillant et en ébranlant le sol tandis que les officiers hurlaient des ordres pour faire dégager le passage.

Il y avait un homme en haillons, maculé de taches de crasse, de sang et de poudre, qui cheminait péniblement sans rien dire à côté du jeune soldat. Il écoutait avec avidité les descriptions atroces d'un sergent barbu. Ses traits maigres affichaient une expression d'effroi et d'admiration. Il était tel un auditeur, dans un magasin de campagne, prêtant l'oreille à des récits fantastiques relatés au milieu de tonneaux de sucre. Il observait le conteur avec un émerveillement indicible. Sa bouche était grande ouverte comme celle des rustres.

Le sergent, l'ayant remarqué, interrompit son récit alambiqué pour y aller d'un commentaire sarcastique.

— Prends garde, mon gars, tu vas gober des mouches.

Pris de confusion, l'homme en haillons recula.

Un peu plus tard, il entreprit de se faufiler près du jeune soldat et, d'une manière hésitante, essaya de s'en faire un ami. Sa voix était aussi douce que celle d'une fille, ses yeux implorants. Le jeune soldat constata avec surprise que cet homme avait deux blessures, une à la tête, bandée à l'aide d'un chiffon imbibé de sang, l'autre au bras, forçant le membre à pendre tel un rameau brisé.

Après qu'ils eurent marché ensemble pendant un certain temps l'homme aux haillons réunit assez de courage pour parler.

— Sacrément belle bataille, hein ? dit-il d'une voix timide.

Le jeune soldat, plongé dans ses pensées, leva les yeux vers le personnage ensanglanté et sinistre aux yeux d'agneau.

— Quoi ?

— Sacrément belle bataille, hein ?

— Oui, répondit le jeune soldat, sèchement, en accélérant le pas.

Mais l'autre clopina à sa suite avec persévérance. Il y avait une manière de s'excuser, dans son attitude, mais il pensait à l'évidence qu'il lui suffisait de parler pendant un temps pour que le jeune soldat soit convaincu qu'il était un brave gars.

— Sacrément belle bataille, hein? débuta-t-il d'une petite voix avant de trouver la force mentale de poursuivre. Je veux ben être pendu si j'ai déjà vu des gars se battre pareillement. 'té divine, comment qu'ils se sont battus! Je le savais ben que ces gars-là, y z'allaient le vaincre, l'ennemi, une fois qu'y s'y seraient mis. Ces gars-là, y z'avaient pas eu l'occasion de le faire jusqu'à maintenant, mais cette fois, ils l'ont montré, ce qui valent. Je le savais que ça allait tourner comme ça. Ces gars-là, y a pas moyen de les vaincre. Oh que non! C'est des guerriers, c'est ça qu'y sont.

Il prit une ample respiration d'humilité admirative. À plusieurs reprises il avait tourné ses regards vers le jeune soldat en quête d'encouragements. Il n'en avait reçu aucun, mais sembla progressivement s'absorber dans son sujet.

— Je parlais d'un groupe de sentinelles à l'autre, une fois, avec un gars de Géorgie, et le gars y me dit: "Vos p'tits jeunes, y vont tous détaler pareils qu'ils z'auraient le diable aux trousses la première fois qu'y z'entendront une détonation", y m'dit. "P't'êt que oui," j'y réponds. "Mais moi, j'en crois pas un mot," j'y réponds. "Et nom d'un p'tit bonhomme," j'y réponds, "p't'êt que c'est les vôtres qui vont tous détaler pareil qu'ils z'auraient le diable aux trousses la première fois qu'y z'entendront un fusil," j'y réponds. Et lui, il rit. "Ben, y z'ont pas détalé aujourd'hui, hein, pas vrai? Pas question. Y se sont battus, battus, battus."

Son visage simple était baigné d'un amour éclatant pour l'armée qui représentait pour lui tout ce qu'il y avait de beau et de valeureux.

Au bout d'un moment, il se tourna vers le jeune soldat.

— Où c'est que t'as été touché, mon gars ? lui demanda-t-il d'un ton fraternel.

À cette question, le jeune soldat fut pris d'une soudaine panique, quand bien même, au début, toutes ses implications ne s'imposèrent pas à lui.

— Quoi ? demanda-t-il.

— Où c'est que t'as été touché ? répéta l'homme aux haillons.

— Ben... je... je... c'est-à-dire... ben... je...

Il se détourna brusquement et s'enfonça dans la foule. Il avait le front violemment empourpré, et ses doigts trituraient nerveusement un de ses boutons d'uniforme. Il courba la tête et fixa son regard soigneusement dessus comme si ce bouton représentait un léger problème.

L'homme en haillons l'observait avec stupéfaction.

Chapitre 9

Le jeune homme se laissa décrocher dans la procession jusqu'à ce que le soldat en haillons ne fût plus en vue. Il reprit alors sa marche avec les autres.

Mais il était environné de blessures. La foule de soldats saignait. À cause de la question posée par l'homme en haillons, il avait désormais le sentiment que sa honte pouvait être détectée. Il ne cessait de jeter des regards de côté pour voir si d'autres scrutaient la culpabilité qu'il sentait inscrite au fer rouge sur son front[*].

Par moments, il lui arrivait d'observer les soldats blessés avec envie. Il songeait que ceux dont les corps étaient déchirés devaient se sentir particulièrement heureux. Il aurait aimé, lui aussi, afficher une blessure, l'insigne rouge du courage.

Le soldat spectral était à côté de lui, tel un reproche qui le harcelait. Ses yeux restaient rivés sur l'inconnu. Son visage gris, effroyable, avait attiré l'attention de la horde, et plusieurs hommes, ralentissant pour s'accorder à son rythme funèbre, l'accompagnaient. Ils débattaient de son triste état, le questionnaient et lui prodiguaient des conseils. Opiniâtrement, il les repoussait, leur signifiant de passer leur chemin et de le laisser tranquille. Les ombres de son visage se creusaient et ses lèvres crispées semblaient refouler le gémissement né d'un désespoir absolu. On devinait une certaine raideur dans les mouvements de son corps,

---

[*] Le châtiment infligé à l'époque aux déserteurs.

comme s'il prenait un soin infini à ne pas réveiller la passion de ses blessures. Pendant qu'il s'acharnait à avancer, il semblait en permanence en quête d'un endroit, comme quelqu'un qui chercherait une tombe.

Quelque chose dans le geste de cet homme, lorsqu'il chassa les soldats ensanglantés et compatissants, fit sursauter le jeune soldat comme s'il venait d'être mordu. Il émit un cri d'horreur. Il s'avança en vacillant, posa une main tremblante sur le bras du blessé. Tandis que ce dernier tournait vers lui son visage de cire, le jeune soldat poussa un cri strident :

— Bon sang ! Jim Conklin !

Le grand soldat afficha un petit sourire neutre.

— Salut, Henry.

Le jeune soldat chancela sur ses jambes et eut un regard de colère étrange. Il bafouilla et bredouilla.

— Oh, Jim… oh, Jim… oh, Jim… oh, Jim…

Le grand soldat tendit sa main couverte de sang. À sa surface se présentait une curieuse combinaison rouge et noire de sang frais et coagulé.

— Où t'étais, Henry ? demanda-t-il avant de poursuivre d'une voix monocorde. J'pensais que t'avais p't'êt' été tué. Ç'a été une hécatombe, aujourd'hui. J'me faisais beaucoup de souci.

Le jeune soldat continuait de se lamenter :

— Oh, Jim… oh, Jim… oh, Jim…

— Tu sais, j'y étais en plein, là-bas dedans, reprit le grand soldat avec un geste prudent. Oh, Seigneur, quel cirque ! Et nom d'une pipe, j'ai pris une balle… j'ai pris une balle. Oui, nom d'une pipe, j'ai pris une balle.

Il répéta ce constat d'un air déconcerté, comme s'il ignorait comment une telle chose avait pu se produire.

Le jeune homme tendit des bras ardents pour lui venir en aide, mais le grand soldat continua d'avancer, comme mu par un mécanisme autonome. Depuis l'arrivée du jeune soldat dans le rôle de gardien veillant sur son ami, les autres blessés avaient cessé de lui manifester de l'intérêt. Ils se consacraient de nouveau à traîner leur propre tragédie vers l'arrière.

Tout à coup, alors que tous deux avançaient, le grand soldat sembla saisi d'épouvante. Son visage prit la semblance d'une pâte grise. Il s'agrippa au bras du jeune soldat et jeta des regards autour de lui, comme s'il craignait qu'on surprenne ses paroles. Puis il parla dans un chuchotement tremblotant :

— J'vais te le dire, ce qui me fait peur, Henry... J'vais te le dire, ce qui me fait peur... J'ai peur de tomber... et alors, tu sais... ces fichus transports de pièces d'artilleries... ils ont toutes les chances de me passer sur le corps. C'est ça qui m'fait peur...

— J'm'occuperai de toi, Jim ! s'exclama le jeune soldat d'une voix hystérique. J'm'occuperai de toi ! J'te jure sur ce qu'y a de plus sacré que je le ferai !

— Sûr... tu le feras, Henry ? le supplia le grand soldat.

— Oui... oui... j'te l'promets... j'm'occuperai de toi, Jim ! protesta le jeune soldat.

Il ne parvenait pas à articuler correctement à cause des hoquets qui obstruaient sa gorge.

Mais le grand soldat continuait de supplier humblement. Il se cramponnait maintenant au bras de son compagnon comme un petit enfant. Ses yeux roulaient dans leurs orbites avec la sauvagerie de son épouvante.

— J'ai toujours été un bon ami pour toi, hein, Henry ? J'ai toujours été un gars sympa, hein ? Et c'est pas beaucoup demander, hein ? Juste de me tirer à l'écart de la route ? J'le ferais pour toi, pas vrai, Henry ?

Il se tut avec une angoisse pitoyable dans l'attente de la réponse.

Le jeune soldat avait atteint un niveau d'affolement où les sanglots lui brûlaient la gorge. Il s'efforçait d'exprimer sa loyauté mais ne parvenait qu'à décrire des gestes fantasques.

Pourtant, le grand soldat parut soudain oublier toutes ces peurs. Il redevint un spectre ambulant, raide et lugubre. Il avançait stoïquement. Le jeune soldat aurait aimé que son ami s'appuie sur lui, mais l'autre secouait continuellement la tête et protestait étrangement.

— Non… non… non… laisse-moi… laisse-moi…

Son regard était à nouveau rivé sur l'inconnu. Il se mouvait selon un dessein obscur, et toutes les propositions du jeune homme étaient balayées.

— Non… non… laisse-moi… laisse-moi…

Le jeune soldat en était réduit à suivre.

Bientôt, il entendit une voix qui parlait doucement près de son épaule. Il se tourna et vit que c'était celle du soldat en haillons.

— Tu ferais mieux de l'écarter de la route, mon gars. Y a des canons qu'arrivent brindezingue sur la route, et y va se faire écraser. De toute façon y va crever dans pas plus de cinq minutes… tu le vois bien. Tu ferais mieux de l'écarter d'la route. Où c'est qu'y va la chercher, sa force, par les feux de l'enfer ?

— Dieu seul le sait ! répondit le jeune soldat dans un cri en agitant des mains impuissantes.

Il courut aussitôt en avant pour attraper le grand soldat par le bras.

— Jim ! Jim ! tenta-t-il de le convaincre. Viens avec moi.

— Huh, fit son ami d'un air distrait en essayant faiblement de se libérer de son emprise.

Il dévisagea le jeune soldat pendant un instant. Puis il finit par parler comme s'il comprenait vaguement de quoi il retournait.

— Oh! Dans les champs? Oh!

À l'aveugle, il bifurqua dans l'herbe.

Le jeune soldat jeta un coup d'œil en arrière vers les cavaliers qui cravachaient les bêtes et les canons secoués par les cahots. Il fut arraché à ce spectacle par une exclamation aiguë poussée par l'homme en haillons.

— Bon sang! Le v'là qui court!

Tournant vivement la tête, le jeune soldat vit son ami s'éloigner en titubant et en trébuchant en direction d'un petit groupe de buissons. À cette vue, son cœur lui donna l'impression de s'arracher presque entièrement de sa poitrine. Il émit un cri de douleur. Lui et l'homme en haillons s'élancèrent derrière le fugitif. Ce fut une singulière poursuite.

Quand il rejoignit le grand soldat, il se perdit en supplications, rameutant tous les mots qu'il pouvait trouver.

— Jim... Jim... qu'est-ce tu fais... pourquoi tu fais ça... tu te fais du mal.

La même détermination restait peinte sur le visage de l'agonisant. Il protesta sourdement, gardant les yeux fixés sur le lieu mystique vers lequel se tournaient ses intentions.

— Non... non... me touche pas... laisse-moi... laisse-moi...

Le jeune soldat, frappé de terreur et éberlué par le comportement de son ami, l'interrogeait d'une voix tremblante.

— Où tu vas, Jim? À quoi tu penses? Où tu vas? Dis-le-moi, tu veux, Jim?

Le grand soldat pivota sur place comme pour faire face à d'implacables poursuivants. Dans ses yeux se lisait un immense cri.

— Laisse-moi, tu veux? Laisse-moi une minute.

Le jeune soldat recula.

— Mais Jim, fit-il comme abasourdi, qu'est-ce qui te prend ?

Le grand soldat se détourna et, trébuchant dangereusement, reprit sa progression. Le jeune soldat et l'homme en haillons le suivirent, aussi furtivement que s'ils avaient goûté du fouet, se sentant incapables de s'opposer à leur camarade grièvement blessé s'il tentait à nouveau de les affronter. Ils se mirent à imaginer une sorte de cérémonie solennelle. Il y avait quelque chose de rituel dans les gestes du soldat condamné. Et il y avait chez lui une ressemblance avec un adepte d'une religion démente de suceurs de sang, d'arracheurs de muscle, d'écraseurs d'os. Ils étaient remplis d'effroi et de peur. Ils gardaient leurs distances de crainte qu'il ne dispose d'une arme terrifiante.

Alors, ils le virent s'arrêter et demeurer immobile. Se hâtant de le rejoindre, ils virent à l'expression de son visage qu'il avait enfin trouvé le lieu pour lequel il s'était démené. Sa silhouette maigre était dressée de toute sa taille ; ses mains ensanglantées pendaient paisiblement le long de ses flancs. Il attendait patiemment quelque chose à la rencontre de laquelle il était venu. Il était au lieu du rendez-vous. Ils restèrent là sans bouger, dans l'attente.

Il y eut un silence.

Alors la poitrine du soldat condamné commença à se soulever dans un mouvement éprouvant. Il gagna en violence jusqu'à donner l'impression qu'un animal était enfermé dans son corps et tambourinait et ruait furieusement pour se libérer.

Au spectacle de cet étranglement progressif le jeune soldat fut saisi d'une crispation, et quand les yeux de son ami se révulsèrent, il y lut une chose qui le fit s'effondrer à terre dans un gémissement. Il éleva la voix dans un ultime et suprême cri :

— Jim… Jim… Jim…

Le grand soldat écarta les lèvres et se mit à parler. Il fit un geste.

— Laisse-moi… me touche pas… laisse-moi…

Il y eut un nouveau silence tandis qu'il attendait.

Tout à coup, son corps se redressa et se raidit. Puis il fut secoué d'une crise de frissons prolongée. Ses yeux contemplaient le vide. Pour les deux soldats qui le regardaient, il y avait une profonde et singulière dignité dans les traits figés de son épouvantable visage.

Il fut envahi d'une étrangeté progressive qui l'enveloppa lentement. Pendant un temps, le tremblement qui agitait ses jambes lui fit danser une sorte d'épouvantable matelote. Ses bras fouettaient violemment l'air au-dessus de sa tête dans l'expression d'un enthousiasme démoniaque.

Sa haute stature se dressa au maximum. Il y eut un léger bruit évoquant un tissu qui se déchire. Alors son corps commença à pencher en avant, avec lenteur et rigidité, comme le fait un arbre dans sa chute. Une soudaine contorsion musculaire fit que l'épaule gauche heurta le sol en premier.

Le corps sembla rebondir légèrement au-dessus du sol.

— Par le ciel! s'écria le soldat en haillons.

Le jeune soldat avait regardé, comme envoûté, la cérémonie qui venait de se dérouler au lieu du rendez-vous. Son propre visage s'était tordu selon toutes les douleurs atroces qu'il imaginait chez son ami.

Il se releva d'un bond et, s'approchant, étudia le visage qui avait l'aspect de la pâte. La bouche était ouverte en un rire qui exposait les dents.

Au moment où le rabat de la vareuse bleue s'écarta pour découvrir le corps, il vit que le flanc du blessé donnait l'impression d'avoir été dévoré par des loups.

Le jeune soldat se tourna vers le champ de bataille avec une rage soudaine et dévastatrice. Il brandit le poing. Il semblait prêt à se lancer dans une philippique.

— Que l'enfer vous...

Le soleil rouge était collé dans le ciel tel un sacrement.

Chapitre 10

L'homme en haillons était perdu dans ses pensées.

— Pour être courageux, il l'était, et pas qu'un peu, hein ? dit-il enfin d'une petite voix respectueuse. Et pas qu'un peu. (Il poussa pensivement du pied une des mains inertes.) Je me demande d'où elle lui venait, sa force. J'ai jamais vu un homme faire ça avant. C'était bizarre, vrai de vrai. En tout cas, pour être courageux, il l'était, et pas qu'un peu.

Le jeune soldat éprouvait le désir de hurler son chagrin. Il se sentait poignardé, mais sa langue était morte dans le caveau de sa bouche. Il se jeta à nouveau sur le sol et se prit à ressasser.

L'autre était perdu dans ses pensées.

— Ben, mon gars, dit-il après un temps de silence en contemplant le cadavre tandis qu'il parlait. Il nous a quittés, hein, et on ferait aussi bien de s'occuper de nous autres. Cette histoire-là, elle est finie. Il est plus là, hein ? Et ici, y sera bien. Personne va venir l'embêter. Et j'dois reconnaître que moi-même, j'suis pas au mieux de ma forme, par les temps qui courent.

Le jeune soldat, tiré de sa léthargie par le ton de sa voix, leva rapidement les yeux. Il constata que le soldat en haillons vacillait sur ses jambes et que son visage avait pris un ton bleuté.

— Bon sang ! se récria-t-il, tu vas pas… pas toi aussi.

L'autre fit non de la main.

— J'vais pas mourir. Tout ce que j'veux c'est un peu de soupe de p'tit pois et un bon lit. (Il répéta d'un ton rêveur.) Un peu de soupe de p'tit pois.

Le jeune soldat se remit debout.

— Je me demande d'où il venait. Je l'avais laissé là-bas, dit-il en pointant l'index. Et maint'nant, je l'retrouve ici. (Il tendit le doigt dans une autre direction). Et lui, c'est de là-bas qu'il arrivait.

Ils se tournèrent tous les deux vers le corps comme pour lui poser une question.

— Ben, finit par dire le soldat en haillons. Ça sert à rien qu'on reste là à essayer de lui demander.

Le jeune soldat acquiesça avec lassitude. Tous deux observèrent le corps un moment.

Le jeune soldat fit entendre un murmure.

— Ben, pour être courageux, il l'était, et pas qu'un peu, hein ? répéta son compagnon comme pour lui répondre.

Ils se détournèrent et s'éloignèrent. Ils s'éclipsèrent en marchant un bon moment sur la pointe des pieds. Le cadavre resta là, à rire dans l'herbe.

— J'commence à me sentir pas bien, déclara le soldat en haillons en rompant un de ses petits silences. Bon sang, j'commence à me sentir vraiment pas bien.

Le jeune soldat poussa un grognement.

— Oh Seigneur !

Il se demanda s'il allait devoir assister à un autre rendez-vous funèbre.

Mais son compagnon fit un geste rassurant de la main.

— Oh, j'vais pas mourir tout de suite ! Y a trop de choses qui dépendent de moi pour que je meure tout de suite ! Pas question ! J'vais pas mourir ! *J'peux pas !* Tu devrais voir la troupe de mômes que j'ai, et tout est à l'avenant.

Le jeune soldat, en jetant un coup d'œil à son compagnon, se rendit bien compte, à l'ombre du sourire qui flottait sur son visage, qu'il s'exprimait par manière de plaisanterie.

Tandis qu'ils avançaient d'un pas pesant, le soldat en haillons continua de parler.

— En plus, si j'mourais, ça serait pas comme il a fait, ce gars-là. C'était vraiment bizarre. Moi, j'tomberais d'un coup, c'est sûr. J'ai jamais vu un gars mourir comme il a fait, lui.

"Tu le connais, Tom Jamison, il habite la maison à côté de chez moi. C'est un brave gars, pour sûr, et on a toujours été bons amis. Vif, en plus. Vif comme un piège en métal. Ben, pendant qu'on était à se battre, cet après-midi, tout d'un coup le v'là qui s'met à jurer, à me maudire et à me gueuler dessus : 'T'es touché, espèce d'infernal démon !' (y jurait épouvantablement) qu'y me dit. Je porte la main à ma tête et quand je regarde mes doigts, j'vois que, y a pas d'doute, j'ai reçu une balle. Je pousse un cri et j'me mets à courir, mais avant que j'puisse fiche le camp, y en a une autre qui m'atteint au bras et qui me fait faire un tour complet sur moi-même. J'prends peur quand y sont tous dans mon dos, à me tirer dessus, et moi, je cours pour leur échapper, à tous autant qu'ils sont, mais j'suis méchamment blessé. J'ai dans l'idée que j'y serais encore, à me battre, si y avait pas eu Tom Jamison."

Puis avec calme il annonça :

— J'en ai deux, c'est que des toutes petites, mais elles commencent à bien s'amuser avec moi. J'crois pas que j'peux marcher beaucoup plus loin.

Ils continuèrent d'avancer en silence.

— T'as l'air sérieusement touché toi aussi, fit enfin le soldat en haillons. J'te parie que la tienne, elle est pire que tu le crois. Tu ferais bien de t'en occuper, de ta blessure.

C'est pas bon d'laisser ces choses-là sans rien y faire. Elle pourrait en grande partie être à l'intérieur, et celles-là, elles sont aussi mauvaises que tous les démons de l'enfer. Où qu'elle est ? (Mais il poursuivit sa harangue sans attendre la réponse.) J'ai vu un gars, il en a pris une en pleine tête, une fois, quand mon régiment il était au repos. Et tout le monde a crié : 'T'es blessé, John ? T'es gravement blessé ?' 'Non', qu'y répond. Il avait l'air surpris, t'aurais dit, et il a continué à leur raconter comment qu'il allait. Il a dit qu'y sentait rien du tout. Mais, nom d'un p'tit bonhomme, ce qu'il a su tout de suite après, c'est qu'il était mort. Ouais, il était mort... raide mort. Alors bon, tu devrais faire attention. Toi-même, tu pourrais en avoir une, de blessure qui serait traître. On peut jamais savoir. Où qu'elle est, la tienne ?

Depuis que le sujet avait été abordé, le jeune soldat cherchait une manière de se dérober. Il lâcha un cri d'exaspération et eut un geste furieux de la main.

— Oh, fiche-moi la paix !

Il était en colère contre le soldat en haillons et aurait pu l'étrangler. C'était à croire que ses compagnons s'acharnaient à jouer les enquiquineurs. Ils n'arrêtaient pas de harceler le fantôme de la honte avec la pointe du bâton de leur curiosité. Il se tourna vers l'autre comme un homme aux abois.

— Maintenant, arrête de m'embêter, répéta-t-il comme ultime mise en garde.

— Ben, Dieu sait que j'ai pas dans l'intention d'embêter personne, répondit l'autre avec dans la voix un léger accent de détresse. Dieu sait que j'ai bien assez à m'occuper de mon côté.

Le jeune soldat, qui venait de débattre amèrement avec lui-même en jetant des regards de haine et de mépris à l'homme en haillons, lui parla alors avec dureté.

— Au revoir, dit-il.

L'autre le regarda, totalement éberlué.

— Mais... mais, mon gars, où c'est que tu vas? demanda-t-il d'une voix mal assurée.

Le jeune soldat qui l'observait voyait bien que lui aussi, comme le grand soldat, en arrivait à se comporter stupidement, à la manière d'un animal. Que ses pensées donnaient l'impression de se bousculer dans sa tête :

— Mais... mais... écoute un peu... Tom Jamison... mais... je... c'est pas acceptable... j'peux pas tolérer ça. Où... c'est que tu vas?

Le jeune soldat tendit vaguement le doigt.

— Par là, déclara-t-il.

— Mais, écoute... euh... écoute un peu...

Il délirait à la manière d'un attardé mental. Sa tête ployait en avant et ses mots sortaient brouillés :

— Écoute, Tom Jamison, j'peux pas tolérer ça. C'est pas acceptable. J'te connais, espèce de, espèce de démon entêté. Tu veux t'en aller même que t'as une blessure grave. C'est pas une bonne idée... non... Tom Jamison... pas une bonne idée. Tu dois me laisser m'occuper de toi, Tom Jamison. C'est pas... une bonne idée... c'est pas... de partir... de marcher... avec une blessure grave... c'est pas... pas... pas bien... c'est pas.

Pour toute réponse, le jeune soldat escalada une clôture et s'éloigna. Il entendait le soldat en haillons chevroter plaintivement.

À un moment, il se retourna avec colère.

— Quoi?

— Écoute... euh... écoute Tom Jamison... non... c'est pas...

Il poursuivit son chemin. Se retournant alors qu'il était déjà loin, il vit le soldat en haillons qui errait, désespérément, dans le champ.

Il se fit alors la réflexion qu'il préférerait être mort. Il croyait envier ces hommes dont les corps gisaient sur l'herbe des champs et les feuilles de la forêt tombées à terre.

Les questions innocentes du soldat en haillons avaient été des coups de couteau qu'il lui portait. Elles faisaient valoir les droits d'une société qui sonde sans pitié les secrets jusqu'à ce que tout devienne apparent. L'insistance involontaire de son défunt compagnon lui avait révélé qu'il ne pouvait garder son crime dissimulé dans sa poitrine. Il serait à coup sûr exposé aux yeux de tous par l'une de ces flèches qui obscurcissent l'air en s'employant sans relâche à fureter, à découvrir, à dénoncer ces choses qu'on souhaite toujours garder cachées. Il s'avoua qu'il ne pouvait se défendre contre cette entreprise. Cela dépassait le pouvoir de sa vigilance.

Chapitre 11

Il prit conscience que le grondement de fournaise de la bataille s'amplifiait. Devant lui, d'épais nuages bruns s'étaient élevés jusqu'aux couches d'air immobiles. Le bruit, lui aussi, se rapprochait. Par les bois filtraient des soldats et les champs commençaient à en être parsemés.

Quand il contourna un tertre, il s'aperçut que la chaussée était désormais une masse hurlante de chariots, d'équipages et d'hommes. De l'enchevêtrement croissant montaient exhortations, commandements, imprécations. La peur balayait tout. Les cinglements de fouets mordaient, les chevaux ployaient l'encolure et halaient leur charge. Les chariots bâchés de blanc peinaient et trébuchaient sous l'effort comme des moutons trop gros.

Dans une certaine mesure, le jeune soldat se sentit réconforté à ce spectacle. Ils battaient tous en retraite. Peut-être n'était-il pas si méprisable après tout. Il s'assit et scruta les chariots pris de terreur. Ils fuyaient comme des animaux doux et maladroits. Tous ceux qui s'égosillaient et fouettaient lui étaient une aide pour magnifier les dangers et les atrocités des combats afin qu'il parvienne à se convaincre que ce dont ces hommes pouvaient l'accuser était en réalité un acte symétrique au leur. Il y avait un plaisir non négligeable, pour lui, à assister à la progression chaotique de sa propre défense.

Bientôt, la tête calme d'une colonne d'infanterie qui montait au front apparut sur la route. Elle avançait rapidement. Le contournement des obstacles lui donnait la reptation sinueuse du serpent. Les hommes qui ouvraient la marche donnaient des coups de crosse aux mules. Ils repoussaient les conducteurs d'attelages sourds aux ordres hurlés. Ils se frayaient un chemin par la force à travers une partie de la dense cohue. La tête brutale de la colonne forçait le passage. Fous furieux, les conducteurs d'attelage proféraient quantités de jurons inconnus.

Les ordres intimant de dégager la chaussée résonnaient comme s'ils revêtaient une grande importance. Les soldats marchaient vers le cœur du vacarme. Ils étaient destinés à se mesurer à la charge ardente de l'ennemi. Ils ressentaient la fierté de faire mouvement vers le front alors que sur la même route le reste de l'armée semblait tenter de s'écouler lentement en sens inverse. Ils culbutaient des attelages avec l'agréable sentiment que cela n'avait aucune importance du moment que leur colonne parvenait à temps sur le front. Pareille importance rendait leurs visages graves et altiers. Et les officiers se tenaient le dos très raide.

Pendant que le jeune soldat les observait, le voile noir de ses malheurs lui revint en mémoire. Il eut l'impression de contempler la progression de créatures élues. Ce qui les séparait était aussi gigantesque pour lui que s'ils s'étaient avancés avec des armes crachant le feu et des étendards représentant des rayons de soleil. Jamais il ne pourrait être comme eux. Il aurait pu en pleurer de regret.

Il cherchait dans sa tête une malédiction adéquate pour cette cause, ce contre quoi les hommes dirigent leurs paroles de condamnation ultime. C'était elle, quelle que soit sa nature, qui était responsable à sa place, songeait-il. C'était en elle que résidait la faute.

La hâte que mettait la colonne à rejoindre le champ de bataille semblait, à ses yeux désespérés, quelque chose de beaucoup plus louable que les combats intrépides. Des héros, pensait-il, pourraient trouver des justifications dans cette longue colonne en ébullition. Ils pourraient ensuite se replier avec un amour-propre presque intact, et présenter leurs excuses aux astres.

Il se demandait ce que ces hommes avaient bien pu manger pour être si pressés de se frayer un chemin vers une rencontre avec la mort. À force de les regarder, sa jalousie enflait jusqu'à ce qu'il en vienne à souhaiter échanger sa vie avec l'un d'eux. Il aurait aimé avoir fait preuve d'une force fantastique, songeait-il, pour s'arracher à qui il était et devenir meilleur. Lui venaient des visions fugitives de lui-même, extérieures à lui, mais en même temps ancrées dans son esprit – d'une silhouette bleue parvenue à la dernière extrémité qui menait des charges terrifiantes, genou en avant, lame du sabre brandie – d'une silhouette bleue résolue, campée face à une vague d'assaut d'écarlate et d'acier, qui se faisait occire sans protester, sur un promontoire visible de tous. Il songeait au pathétique sublime de son corps sans vie.

Ces pensées lui redonnaient courage. Il sentait vibrer le désir de la bataille. Dans ses oreilles, il entendait la sonnerie de la victoire. Il expérimentait la frénésie d'une charge rapide couronnée de succès. La musique des pieds qui martelaient le sol, les voix rudes, le cliquetis des armes dans la colonne proche lui faisaient prendre son essor sur les ailes rouges de la guerre. Durant quelques instants, il toucha à l'ineffable.

Il se représentait sur le point de partir pour les premières lignes. De fait, il se voyait couvert de poussière, hagard, pantelant, fonçant sur le front au moment propice pour agripper et étrangler la sombre et malicieuse sorcière de la calamité.

Les difficultés de l'entreprise commencèrent alors, entravant sa détermination. Il hésita au milieu d'une enjambée, dans un équilibre instable.

Il n'avait pas de fusil; il ne pouvait se battre à mains nues, opposa-t-il avec contrariété à son projet. Mais bon, les fusils, pour en avoir, il suffisait de se baisser. Il y en avait une profusion extraordinaire.

Sans oublier, ajouta-t-il, que ce serait miraculeux s'il retrouvait son régiment. Mais bon, il pouvait se battre avec n'importe quel régiment.

Lentement, il se mit en marche. Il avançait comme s'il s'attendait à poser le pied sur un piège explosif. Ses doutes et lui s'affrontaient.

Il serait un véritable ver de terre si un seul de ses camarades le voyait s'en revenir de la sorte, portant sur lui les stigmates de sa fuite. Lui vint alors la réplique: les combattants résolus se moquent bien de ce qui se passe à l'arrière pourvu qu'aucune baïonnette hostile n'y ait sa place. Dans la confusion du combat, son visage serait, d'une certaine façon, dissimulé, comme celui d'un homme sous un capuchon.

Mais il argua alors qu'immanquablement, quand les combats s'apaiseraient un moment, son inexorable destin inciterait quelqu'un à exiger qu'il fournisse une explication. Dans son imagination, il se représenta les regards méfiants de ses camarades tandis qu'il tenterait péniblement d'échafauder quelque mensonge.

Son courage finit par s'épuiser au fil de ces objections. L'argumentation sapait son énergie.

Il ne se sentit pas abattu que son plan eût été taillé en pièces, car à l'examen attentif de la situation, il ne pouvait que s'incliner devant le caractère formidable des obstacles.

D'autre part, divers maux avaient commencé à clamer leur présence. Il ne pouvait donc poursuivre son vol d'altitude sur les ailes de la guerre: ils lui rendaient presque impossible de se considérer sous un jour héroïque. Et il chuta la tête la première.

Il s'aperçut qu'il souffrait d'une soif épouvantable. Son visage était si desséché et crasseux qu'il avait l'impression de sentir sa peau se craqueler. Chacun des os de son corps était porteur d'une douleur et semblait menacer de se briser au moindre mouvement. Ses pieds étaient comme deux plaies. Et son corps criait famine. C'était un appel plus puissant que celui de la faim. Une sourde pression s'exerçait sur son estomac et, quand il essayait de marcher, la tête lui tournait et il chancelait. Il ne voyait rien distinctement. De petits bancs de brume verte flottaient dans son champ de vision.

Tout le temps où il avait été aux prises avec la kyrielle de ses émotions, il n'avait eu aucune conscience de ses maux. Voilà qu'ils l'assaillaient et réclamaient leur dû. Comme il en était enfin réduit à leur prêter attention, sa capacité à se détester s'en trouvait décuplée. Dans sa détresse, il se déclara différent des autres combattants de la colonne. Il concédait désormais qu'il ne deviendrait jamais un héros. Il était un rustre doublé d'un poltron. Les fantasmes de gloire n'étaient que pitoyables chimères. Il gémit du fond du cœur et repartit en titubant.

Une certaine affinité avec le papillon de nuit le retenait à proximité du champ de bataille. Il avait un profond désir de voir et d'obtenir des informations. Il voulait savoir qui l'emportait.

Il se dit qu'en dépit des souffrances sans précédent qu'il avait endurées, il n'avait jamais perdu sa soif de victoire, et cependant, avança-t-il dans une manière de semi-excuse adressée à sa conscience, il ne pouvait ignorer que la défaite de l'armée, cette fois, pourrait entraîner bien des conséquences favorables pour lui. Les coups de l'ennemi mettraient les régiments en pièces. Ainsi, lui semblait-il, beaucoup d'hommes de courage seraient contraints de déserter leurs couleurs et de se disperser comme des poulets en fuite. Il passerait pour l'un d'eux. Ils seraient des frères accablés de détresse, et il pourrait alors aisément croire qu'il n'avait détalé ni plus vite ni plus loin qu'eux. Et si lui-même pouvait croire en sa vertu sans tache, il imaginait qu'il ne rencontrerait guère de difficultés à en persuader les autres.

Il se dit, comme pour s'excuser de cet espoir, qu'il était déjà arrivé à l'armée d'endurer d'immenses défaites et, en quelques mois, de rejeter ce souvenir sanglant pour en sortir aussi radieuse et vaillante que si elle en était une nouvelle, effaçant de sa vue la mémoire du désastre, se présentant avec la valeur et la confiance de légions invaincues. Les voix stridentes de l'arrière rendraient une note sombre pendant un temps, mais bien des généraux avaient eu à supporter pareilles ritournelles. Lui, bien sûr, n'aurait aucun scrupule à proposer un général en victime expiatoire. Comme il ne pouvait prédire qui serait la cible visée par les critiques, il lui était impossible d'orienter sa compassion vers quiconque en particulier. L'arrière était loin et il ne concevait pas que l'opinion publique puisse s'exercer avec la moindre justesse. Il était très probable qu'elle atteindrait la mauvaise cible, et que celle-ci, une fois remise de sa stupéfaction, passerait peut-être le restant de ses jours à rédiger des réponses aux refrains brodés sur ses prétendus échecs. Ce serait très regrettable, assurément, mais un général ne comptait pas pour la jeunesse.

Il y aurait dans une défaite une justification détournée de ses propres actes. Il se disait que cela prouverait, d'une certaine manière, qu'il avait fui précocement parce qu'il était doté de pouvoirs d'analyse supérieurs. Le prophète qui prédit le déluge devrait être le premier à grimper à l'arbre. Cela démontrerait l'étendue de sa clairvoyance.

Pour lui, une justification morale était une chose très importante. Sans baume, il serait incapable, pensait-il, de porter toute sa vie le triste sceau de son déshonneur. Si son cœur l'assurait continûment qu'il était un être méprisable, il ne pourrait exister sans, par ses actes, rendre cette vérité patente aux yeux de tous.

Si l'armée avait poursuivi sa glorieuse campagne, il aurait été perdu. Si le vacarme ambiant avait signifié que ses drapeaux étaient inclinés vers l'avant, il aurait été condamné à sa misère. Contraint de se vouer à l'isolement. Si les soldats avaient avancé, leurs pieds indifférents auraient écrasé ses chances de réussir sa vie.

Alors même que ces pensées lui traversaient rapidement l'esprit, il se retourna contre elles et tenta de les repousser. Il se vilipenda comme traître. Déclara qu'il était l'égoïste le plus achevé qui pût exister. En esprit, il se représenta les soldats qui opposaient dans l'assaut leur corps plein de défi aux lances des ennemis hurlants et, tout en contemplant leurs cadavres ruisselants de sang sur un champ de bataille imaginaire, il clama qu'il était leur assassin.

De nouveau, il songea qu'il aurait préféré être mort. Il s'imagina qu'il enviait le sort du cadavre. Quand il pensait aux tués, il réussissait à éprouver un immense mépris pour certains, comme s'ils étaient coupables de la façon dont ils avaient cessé de vivre. Ils avaient pu être occis par un hasard bienheureux, arguait-il, avant d'avoir eu la possibilité de fuir ou même de connaître l'épreuve du feu. Pourtant, ils recevraient les lauriers d'usage. Il protestait amèrement car ces couronnes usurpées et ces toges tissées à leur glorieuse mémoire n'étaient qu'impostures. Mais il n'en continuait pas moins à affirmer quel dommage immense c'était qu'il ne fût pas l'un d'eux.

Une défaite de l'armée lui était apparue comme un moyen d'échapper aux conséquences de sa chute. Il considérait cependant, désormais, qu'il ne servait à rien d'envisager pareille possibilité. On lui avait appris à penser que le succès, pour la puissante machine bleue, était chose certaine ; qu'elle enchaînerait les victoires comme un mécanisme fabrique des boutons. Il rejeta immédiatement toutes les spéculations menant au résultat opposé et en revint au *credo* du soldat.

Quand il perçut à nouveau qu'il n'était pas possible que l'armée connût la défaite, il tenta de réfléchir à une belle fable, dont il pourrait accompagner son retour dans le régiment et qu'il pourrait utiliser pour détourner les flèches prévisibles de la dérision.

Mais, comme il craignait mortellement ces traits, il lui fut impossible d'inventer une légende qu'il pût croire. Il s'essaya à échafauder de nombreux stratagèmes, les rejeta l'un après l'autre, les jugeant trop fragiles. Il en décelait immédiatement les points faibles.

Il avait en outre terriblement peur qu'une flèche trempée de mépris l'abatte mentalement avant qu'il eût pu brandir sa fable protectrice.

Il se représentait le régiment entier disant : "Où il est, Henry Fleming ? Il a détalé, hein ? Eh ben !" Il se rappelait différentes personnes qui ne manqueraient pas de le harceler sans répit avec ça. Ceux-là, assurément, ne lui épargneraient pas leurs questions sarcastiques et ricaneraient de ses hésitations bredouillantes. Dans l'escarmouche suivante, ils essaieraient de le tenir à l'œil pour découvrir à quel moment il prendrait la fuite.

Où qu'il aille dans le camp, il croiserait des regards insolents et cruellement insistants. Il s'imagina passer près d'un groupe de camarades et en entendre un dire : "Le voilà !"

Alors, comme si les têtes étaient mues par un seul muscle, tous les visages se tourneraient vers lui, souriant de mépris jusqu'aux oreilles. Il lui semblerait entendre quelqu'un chuchoter une remarque moqueuse. En l'entendant, tous les autres s'esclafferaient et glousseraient. Son être se résumerait à une expression vulgaire.

Chapitre 12

LA colonne qui s'était heurtée de plein fouet aux obstacles présents sur la chaussée était à peine sortie de son périmètre de vision quand il vit de noires vagues humaines jaillir des bois et traverser les champs. Il sut aussitôt que les fibres d'acier avaient été balayées de leur cœur. Ils se débarrassaient de leurs vareuses et de leur équipement comme s'il se fût agi d'entraves. Ils fondaient sur lui tels des bisons fous de peur.

Derrière eux, une fumée bleue dessinait volutes et nuées au-dessus de la cime des arbres et, à travers les taillis, il apercevait parfois au loin une lueur rose. Les voix des canons vociféraient en d'interminables chœurs.

Le jeune soldat était pris de terreur. Il ouvrait des yeux ronds d'angoisse et d'ébahissement. Il en oubliait qu'il était engagé dans un combat contre l'univers. Il rejeta ses pamphlets mentaux sur la philosophie des fuyards et sur les règles applicables aux damnés.

La bataille était perdue. Les dragons s'avançaient avec leurs enjambées invincibles. L'armée, impuissante dans les fourrés enchevêtrés et aveuglée par la nuit qui envahissait le ciel, était sur le point d'être dévorée. La guerre, la bête rouge, la guerre, le dieu gonflé de sang, aurait son content de nourriture, la panse pleine.

Quelque chose en lui réclamait un grand cri. Il éprouvait la tentation de faire un discours pour regrouper les troupes, d'entonner un hymne guerrier, mais il ne parvint qu'à forcer sa langue à éructer: "Pourquoi… pourquoi… Qu'est-ce… Qu'est-ce qu'y a?"

Il se retrouva bientôt au milieu des fuyards. Ils bondissaient et décampaient tout autour de lui. Les visages livides luisaient dans le crépuscule. Ils semblaient, pour la plupart, être des hommes très robustes. Le jeune soldat se tournait de l'un à l'autre tandis qu'ils le dépassaient dans leur cavalcade. Ses questions incohérentes se perdaient dans le vide. Ils ne prêtaient aucune attention à ses appels. Ils ne semblaient pas le voir.

Parfois, ils baragouinaient des choses incompréhensibles. Un soldat impressionnant interrogeait le ciel : "Hé, la route de planches elle est où ? La route de planches elle est où ?" On eût cru qu'il avait égaré son enfant. Il pleurait de douleur et de désarroi.

Très vite, des hommes coururent ici et là en tous sens. L'artillerie qui tonnait sur le devant, à l'arrière et sur les flancs, brouillait tout sens de l'orientation. Les points de repère avaient disparu dans les ténèbres qui s'épaississaient. Le jeune soldat commença à s'imaginer qu'il s'était aventuré au cœur d'une monstrueuse querelle. Il ne voyait aucun moyen d'y échapper. De la bouche des soldats qui fuyaient jaillissait un millier de questions folles, mais nul ne fournissait de réponses.

Après s'être précipité de-ci de-là en jetant des interrogations aux bandes de fantassins en déroute, il finit par en attraper un par le bras. Ils se retrouvèrent face à face.

— Pourquoi… pourquoi… ? bégaya le jeune en luttant contre sa langue qui se dérobait.

— Lâche-moi ! Lâche-moi ! hurla le fantassin.

Son visage était blême et ses yeux roulaient de manière incontrôlée dans leurs orbites. Il haletait et pantelait. Il continuait d'agripper son fusil, ayant peut-être oublié de le lâcher. Il tentait frénétiquement de se dégager si bien que le jeune soldat, contraint à se pencher en avant, fut traîné sur plusieurs pas.

— Lâche-moi! Lâche-moi!

— Pourquoi... pourquoi... ? bredouilla le jeune soldat.

— Ah, tu l'auras voulu! beugla le soldat pris d'une épouvantable rage.

Il brandit le fusil qui percuta le jeune soldat à la tête d'un coup précis et violent. Puis il s'élança.

Les doigts du jeune soldat étaient inertes sur le bras du fuyard. L'énergie avait déserté ses muscles. Il vit devant ses yeux les ailes flamboyantes d'un éclair de lumière. Dans sa tête résonnait un roulement de tonnerre assourdissant.

Brusquement, ses jambes semblèrent mourir. Il s'effondra en se contorsionnant sur le sol. Essaya de se relever. Dans ses tentatives pour lutter contre la douleur qui le paralysait, il se fit l'effet d'un homme qui affronte une créature de l'éther.

C'était une lutte sinistre.

Par moments, il parvenait à se redresser à moitié, à se débattre contre l'air, l'espace d'un instant, puis il retombait en s'agrippant à l'herbe. Son visage était d'une pâleur moite. De profonds gémissements étaient arrachés à ses entrailles.

En se tournant sur le côté il parvint enfin à se remettre à quatre pattes puis, de là, tel un bébé qui s'efforce de marcher, à se redresser complètement. Il pressa ses mains contre ses tempes et s'éloigna sur l'herbe en vacillant.

Il se livrait à un combat forcené contre son propre corps. Ses sens affaiblis l'acculaient à la perte de conscience mais il se rebellait avec acharnement, tandis que son esprit lui dressait le tableau des dangers inédits et des mutilations qui le guettaient s'il s'effondrait en plein champ. Il avançait à la façon du grand soldat. Il s'imaginait des lieux isolés où il pourrait s'affaler tout en demeurant indemne.

Dans sa quête pour en trouver un, il résistait au déferlement de la souffrance.

À un moment, il porta la main à son crâne et toucha délicatement sa blessure. La douleur mordante de ce contact l'obligea à aspirer longuement l'air entre ses dents serrées. Ses doigts étaient couverts de sang. Il les contempla fixement.

Alentour, il entendait le grondement des pièces d'artillerie bringuebalantes que les chevaux se hâtaient de remorquer vers le front à grand renfort de coups de fouet. Un peu après, un jeune officier monté sur un destrier maculé de boue manqua le renverser. Il se tourna et regarda la masse de canons, d'hommes et de chevaux qui effectuait un large virage en direction d'un passage ouvert dans une clôture. L'officier décrivait des gestes brusques avec sa main gantée. L'air réticent, les canons suivaient les attelages comme s'ils étaient traînés par les talons.

Plusieurs officiers des troupes d'infanterie en débandade distribuaient pêle-mêle jurons et railleries dignes de vendeuses de poissons. Leurs voix chargées d'insultes s'entendaient au-dessus du vacarme. Dans l'invraisemblable confusion de la chaussée survint un escadron de cavalerie. Le jaune passé des parements brillait vaillamment. Il se produisit une sérieuse altercation.

L'artillerie se rassemblait comme pour une conférence.

La brume bleue du soir s'étendait sur le champ de bataille. Les lignes de la forêt étaient de longues ombres violettes. Un unique nuage flottait dans le ciel, à l'ouest, où il masquait partiellement le rouge.

Au moment où le jeune soldat laissait ce décor derrière lui, il entendit soudain les canons gronder. Il les imagina trembler d'une colère noire. Ils éructaient et hurlaient tels des démons de cuivre protégeant un portail. L'air doux était empli de leurs terribles remontrances. Avec eux vinrent les détonations destructrices de l'infanterie ennemie. Se retournant pour regarder derrière lui, il vit des nappes de lumière orange illuminer le lointain envahi d'ombres. Il y avait de délicates et brusques explosions de lumière, dans l'air, à distance. De temps à autre, il lui semblait discerner la houle de marées humaines.

Il se hâta dans le crépuscule. La lumière avait décliné au point qu'il pouvait à peine distinguer où il posait les pieds. Les ténèbres violettes étaient peuplées d'hommes qui jacassaient et pontifiaient. Il lui arrivait de les voir gesticuler sur le bleu foncé du ciel. Dans la forêt et dans les prés, il semblait y avoir un grand déploiement de soldats et de munitions.

La vie avait désormais déserté la petite route étroite. On y voyait des chariots retournés qui ressemblaient à des empilements de rochers desséchés par le soleil. Le lit de l'ancien torrent était encombré par des cadavres de chevaux et des morceaux de machines de guerre brisées.

Sa blessure en vint finalement à ne presque plus le faire souffrir. Il avait peur d'effectuer des mouvements brusques, néanmoins, par crainte de réveiller la douleur. Il gardait la tête totalement immobile et prenait beaucoup de précautions afin de ne pas trébucher. Il était envahi d'angoisse, le visage crispé et les traits tirés en prévision de la souffrance qu'entraînerait la moindre erreur de ses pieds dans l'obscurité.

Ses pensées, pendant qu'il marchait, se portaient intensément sur la plaie. Il éprouvait une sensation de fraîcheur liquide à cet endroit, et imaginait que le sang coulait lentement à la racine de ses cheveux. Sa tête lui donnait l'impression d'avoir tellement enflé que son cou lui paraissait inapte à la porter.

Le silence nouveau de sa blessure l'inquiétait énormément. Les petites voix virulentes de la souffrance qui s'étaient manifestées au niveau de son crâne avaient été, pensait-il, explicites dans leur expression du péril. Par leur intermédiaire, il s'imaginait pouvoir mesurer l'état critique qui était le sien. Mais quand elles s'étaient faites dangereusement muettes, il avait pris peur et imaginé que des doigts redoutables se refermaient sur son cerveau.

Au milieu de tout cela, il se mit à réfléchir à divers incidents et circonstances rencontrés par le passé. Ses pensées se portèrent sur certains des repas que sa mère avait préparés à la ferme, dans lesquels les plats qu'il appréciait particulièrement avaient tenu un rôle de premier plan. Il revit la table surchargée de victuailles. Les murs de pin de la cuisine illuminés de la chaude lumière du four. Il se souvenait aussi que lui et ses camarades avaient pour habitude, en sortant de l'école, d'aller sur la berge d'un plan d'eau ombragé. Il revit ses vêtements jetés en désordre sur l'herbe de la rive. Sentit sur son corps le clapotement de l'eau odorante. Les feuilles des érables qui la dominaient bruissaient au vent estival de l'enfance.

Il fut alors gagné d'une lassitude accablante. Sa tête ployait vers l'avant et ses épaules étaient voûtées comme s'il portait un énorme fardeau. Ses pieds se traînaient sur le sol.

Il se demandait continuellement s'il devait s'étendre pour dormir dans un lieu proche, ou se forcer à continuer jusqu'à trouver un havre, quel qu'il soit. Souvent, il tentait de chasser cette question, mais son corps persistait à se révolter et ses sens le harcelaient comme de jeunes enfants capricieux.

Il finit par entendre une voix enjouée près de son épaule.

— T'as l'air d'être dans un sale état, mon garçon ?

Il ne leva pas les yeux, mais acquiesça indistinctement.

— Hmm !

Le propriétaire de la voix enjouée le saisit fermement par le bras.

— Eh ben, fit-il avec un rire. J'vais dans la même direction que toi. On y va tous, dans la même direction. Et j'ai l'impression qu'un coup de main, ça te fera pas de mal.

Ils commencèrent à cheminer comme un homme ivre accompagné d'un ami.

Pendant qu'ils marchaient, l'homme questionna le jeune soldat, lui soufflant les réponses comme qui s'adresse à un enfant. Parfois, il insérait des anecdotes.

— C'est lequel, ton régiment ? Hein ? T'as dit quoi ? Le 304ᵉ de New York ? Ah bon ? Et dans quel corps d'armée il est ? Oh, c'est vrai ? Ben moi, j'pensais qu'ils avaient pas été engagés aujourd'hui… ils sont loin, vers le centre. Oh, si, c'est vrai ? Ben, presque tout le monde y a eu droit, à en découdre, aujourd'hui. Bon sang, j'me suis donné pour mort un bon nombre de fois, combien j'peux pas te dire. Ça tirait ici et ça tirait là, ça gueulait ici et ça gueulait là, dans ces satanées ténèbres j'aurais pas su dire de quel côté que j'étais, même que ç'aurait été pour sauver mon âme. Y avait des moments, j'étais sacrément sûr que j'étais du côté de l'Ohio, et à d'autre j'aurais pu jurer que j'étais au fin fond de la Floride. C'était la plus infernale de toutes les mêlées que j'avais jamais vues. Et ces bois qu'y a là partout, ils sont dans un état que t'en as jamais vu d'autres. Ça sera un miracle si notre régiment, on le retrouve ce soir. N'empêche que d'ici peu, on va voir plein de gardes et de patrouilles de ceci et de cela. Oh, les v'là avec un officier, j'crois. Regarde sa main, comment elle pend. J'suis prêt à parier qu'la guerre, il en a son comptant. Il en aura plus plein la bouche, de sa réputation et tout, quand y s'apprêteront à lui scier la jambe. Le pauvre ! Mon frère, il a des favoris exactement pareils que les siens. Comment que t'as fait pour te retrouver par ici, n'empêche ? Ton régiment à toi, il est loin, je me trompe ? Ben, j'pense qu'on y arrivera, à le trouver. Tu sais, y a un gars de ma compagnie qu'a été tué aujourd'hui, j'en pensais le plus grand bien. Jack, c'était un bon gars. J'te jure, ça m'a fichu un coup du diable de le voir, ce brave Jack, se retrouver raide par terre comme ça. On était dans un endroit qu'était drôlement calme depuis un moment, même si y avait plein de gars qui couraient dans tous les sens tout autour de nous, et pendant qu'on se tenait là comme ça, y a un gros type avec du ventre qu'est arrivé. Il commence à y toucher le coude, à Jack, et il dit : "Hé, elle est où, la route qui va à la rivière ?" Et Jack, à aucun moment il lui prête attention, alors l'autre il continue à l'attraper par le coude et à dire : "Dis, elle est où la route qui va à la rivière ?" Jack, y regardait devant lui tout le temps, il essayait de voir les rebelles traverser le bois et pendant sacrément longtemps il y a pas fait attention, au gros type qu'avait du ventre, mais à la fin y se retourne et y dit : "Ah, fiche le camp et va te la trouver tout seul, ta route qui va à la rivière !" Et juste à ce moment-là, y a une balle qui le frappe en plein sur le côté de la tête. Il était sergent, en plus. C'est les derniers mots qu'il a prononcés. Par l'enfer, j'voudrais qu'on puisse être sûr de les trouver ce soir, nos régiments. Ça va nous prendre un sacré bout de temps pour y arriver. Mais j'suppose qu'on peut.

Dans la quête qui s'ensuivit, l'homme à la voix joyeuse sembla, aux yeux du jeune soldat, posséder une baguette aux propriétés magiques. Il filait son chemin avec un étrange bonheur à travers les dédales de la forêt enchevêtrée. Quand ils rencontraient des gardes et des patrouilles, il montrait l'acuité d'un détective et la débrouillardise d'un gamin des rues. Les obstacles s'aplanissaient devant lui et se retournaient en avantages. Le jeune soldat, dont le menton reposait toujours sur sa poitrine, se tenait, raide, à l'écart, pendant que son compagnon inventait trente-six moyens et manières de les sortir de situations inextricables.

La forêt rappelait une vaste ruche remplie d'hommes qui vrombissaient en décrivant des cercles affolés, mais le soldat enjoué guida le jeune soldat sans commettre d'erreur jusqu'à ce qu'enfin il glousse de jubilation et d'auto- satisfaction.

— Ah, ça y est! Tu le vois, le feu?

Le jeune soldat hocha la tête d'un air stupide.

— Eh ben, c'est là qu'il est, ton régiment. Et maintenant, au revoir, mon gars, et bonne chance.

Une main vigoureuse et chaude serra un instant ses doigts languides, puis il entendit un sifflement gai et audacieux tandis que son accompagnateur s'éloignait. Au moment où celui qui lui avait témoigné tant d'amitié sortait de sa vie, le jeune soldat prit soudain conscience que pas une fois il n'avait vu son visage.

Chapitre 13

Il se dirigea lentement vers le feu indiqué par l'ami qui avait pris congé. Tout en vacillant, il imagina l'accueil que ses camarades allaient lui réserver. Il eut la conviction qu'il sentirait bientôt dans son cœur ulcéré les flèches acérées du ridicule. Il n'avait pas la force d'inventer une histoire ; il constituerait une cible facile.

Il fit de vagues plans pour s'enfoncer dans les ténèbres denses afin de s'y dissimuler, mais tous furent anéantis par les voix de l'épuisement et de la douleur émanant de son corps. Ses maux, qui réclamaient de l'aide à grands cris, le contraignirent à rechercher l'endroit où il trouverait nourriture et repos, quel qu'en fût le coût.

Il s'avança vers le feu en titubant sur ses jambes. Il distinguait des silhouettes qui projetaient leurs ombres noires sur la lumière rouge et, en approchant, prit conscience, sans bien savoir comment, que le sol était jonché d'hommes endormis.

Tout à coup il se trouva nez à nez avec une forme noire et monstrueuse. Le canon d'un fusil capturait des reflets de lumière.

— Halte ! Halte !

Il fut désorienté un court instant, mais il lui sembla aussitôt qu'il reconnaissait la voix nerveuse. Vacillant face au canon de l'arme, il lança :

— Ben ça, bonsoir, Wilson, t'es… t'es là ?

Le fusil fut abaissé dans une position prudente et le soldat à la voix forte s'approcha lentement. Il dévisagea le jeune homme.

— C'est toi, Henry ?

— Oui, c'est... c'est moi.

— Ben ça, ben ça, mon gars, nom d'un chien, j'suis content de te voir ! J'croyais bien que t'étais plus des nôtres. J'pensais que t'étais mort, ça faisait pas de doute.

Dans sa voix rauque, l'émotion était audible.

Le jeune soldat s'aperçut alors qu'il parvenait à peine à garder l'équilibre. Ses forces l'abandonnaient brusquement. Il se dit qu'il devait se dépêcher d'exposer son récit pour se protéger contre les flèches qui étaient déjà aux lèvres de ses redoutables camarades. Alors, flageolant devant le soldat à la voix forte, il commença :

— Oui, oui. J'ai... j'ai passé de sales moments. J'suis allé partout. Tout là-bas sur la droite. Des combats féroces, qu'y a eu, là-bas. J'ai passé de sales moments. J'me suis retrouvé séparé du régiment. Là-bas sur la droite, j'ai été blessé par balle. À la tête. J'ai jamais vu des combats pareils. De sales moments. J'comprends pas comment je me suis retrouvé séparé du régiment. Et après j'ai été blessé par balle.

Son ami s'était approché hâtivement.

— Hein ? Blessé par balle ? Pourquoi tu l'as pas dit tout de suite ? Mon pauvre gars, faut qu'on... Attends une minute ; qu'est-ce que je fabrique. J'vais appeler Simpson.

À ce moment-là, une deuxième silhouette surgit des ténèbres. Ils parvinrent à distinguer le caporal.

— À qui vous parlez, Wilson ? exigea-t-il de savoir d'une voix où perçait la colère. À qui vous parlez ? Sacrée sentinelle que vous faites là... oh... bonsoir, Henry, vous êtes là ? Ça alors, j'croyais que vous étiez mort y a quatre heures de ça ! Enfer et damnation, il continue d'en arriver toutes les dix minutes ou presque. On croyait avoir perdu quarante-deux hommes en comptant bien, mais s'ils continuent à rappliquer comme ça, on aura quand même la compagnie au grand complet d'ici demain matin. Où vous étiez ?

— Là-bas sur la droite. J'me suis retrouvé séparé…, commença le jeune soldat avec une aisance stupéfiante.

Mais son ami l'interrompit précipitamment.

— Oui, et il est blessé à la tête, il est dans un sale état et faut qu'on le fasse soigner tout de suite.

Il posa son fusil au creux de son coude gauche et entoura les épaules du jeune soldat de son bras droit.

— Nom de nom, ça doit faire un mal de chien ! s'exclama-t-il.

Le blessé prit lourdement appui sur son ami.

— Oui, ça fait mal… ça fait très mal, répondit-il d'une voix hésitante.

— Oh, fit le caporal.

Il passa son bras sous celui du jeune soldat et l'entraîna avec lui.

— Venez, Henry. J'vais m'occuper de vous.

Pendant qu'ils s'éloignaient, le deuxième classe à la voix forte cria dans leur sillage :

— Mettez-le à dormir sous ma couv', Simpson. Et… attendez une minute… v'là ma gourde. Elle est pleine de café. Regardez sa tête à la lueur des flammes pour voir l'air qu'elle a. P't'êt qu'il est salement blessé. Quand la relève va arriver, d'ici quelques minutes, j'vais venir le voir.

Le jeune soldat avait les sens si engourdis que la voix de son ami lui semblait venir de très loin et qu'il sentait à peine la pression exercée par le caporal. Il se laissa guider passivement par la force de ce bras. Comme avant, sa tête était retombée sur sa poitrine. Ses genoux flanchaient.

Le caporal le guida jusqu'à la lumière des flammes.

— Bon, Henry, dit-il, on va regarder un peu ce qu'elle a, cette tête.

Le jeune soldat s'assit docilement et le caporal, déposant son fusil, entreprit d'écarter les cheveux épais de son subordonné. Il fut obligé de faire pivoter sa tête afin que toute la lumière que diffusait le feu l'éclaire directement. Sa bouche se plissa en une moue critique. Puis il ramena ses lèvres en arrière et siffla entre ses dents quand ses doigts se trouvèrent au contact du sang répandu et de la blessure à vif.

— Ah, la voilà! dit-il avant de procéder maladroitement à de plus amples vérifications et d'ajouter: Exactement ce que j'pensais. Une balle qui vous a éraflé. Elle a provoqué une bosse bizarre, exactement comme si un gars vous avait cogné sur le crâne avec une matraque. Ça a cessé de saigner y a longtemps. Ce qu'y aura de plus pénible, c'est que demain matin, vous aurez l'impression qu'un chapeau de taille quatre-vingt, ça vous irait pas. Et votre tête, elle sera toute chaude et elle vous donnera l'impression d'être aussi desséchée que du porc carbonisé. Et c'est possible aussi que d'ici demain matin vous aurez plein d'autres problèmes. On peut jamais savoir. Mais j'y crois pas tant que ça. C'est juste un sacré coup à la caboche et rien de plus. Bon, maintenant, restez assis là et bougez pas pendant que j'vais appeler les secours. Après, j'enverrai Wilson pour qu'il vienne veiller sur vous.

Le caporal s'en alla. Le jeune soldat resta sur le sol comme un paquet. Il regardait le feu d'un air égaré.

Au bout d'un moment, il sortit partiellement de son abrutissement et les choses autour de lui commencèrent à prendre forme. Il vit que le sol, dans la profondeur des ombres, était couvert d'hommes vautrés dans toutes les positions imaginables. Jetant un regard plus attentif dans l'obscurité plus lointaine, il entrevit des visages qui émergeaient, livides et fantomatiques, éclairés d'une lueur phosphorescente. Les traits exprimaient la profonde stupeur des soldats épuisés et les faisaient ressembler à des hommes pris de boisson. Pour un promeneur venu d'un autre monde, ce coin de forêt aurait pu figurer un tableau consécutif à une épouvantable débauche.

De l'autre côté du feu, le jeune soldat observa un officier qui dormait, assis le dos très droit contre un arbre. Il y avait, dans sa posture, quelque chose qui trahissait un péril. Importuné par des rêves, peut-être, il oscillait avec de petits gestes involontaires et des sursauts, à la manière d'un grand-père imbibé d'alcool à l'angle d'une cheminée. Des taches et de la poussière maculaient son visage. Sa mâchoire inférieure pendait comme si elle n'avait pas la force de conserver sa position habituelle. Il offrait le portrait du soldat brisé de fatigue après une prouesse guerrière.

De toute évidence il s'était endormi le sabre entre les bras. Tous deux s'étaient assoupis dans cette étreinte, mais l'arme avait chuté sur le sol sans qu'il en prenne conscience. La garde du sabre aux fleurons de cuivre était léchée par les flammes.

Dans l'éclairage rose et orange qui émanait des branchages embrasés se trouvaient d'autres soldats qui ronflaient et respiraient fort, ou qui reposaient dans un sommeil mortel. Quelques jambes étaient allongées, droites et rigides. Les souliers portaient les traces de la poussière ou de la boue rencontrées lors des marches, et les pantalons qui dépassaient des couvertures présentaient des accrocs et des déchirures consécutifs au passage précipité à travers des ronciers inextricables.

Le feu émettait des craquements musicaux. Il s'en élevait une fumée légère. Au-dessus, les frondaisons remuaient doucement. Les feuilles dont les faces étaient tournées vers le foyer se teintaient de nuances changeantes, argentées, souvent frangées de rouge. Loin sur la droite, par une trouée dans la forêt, on apercevait une poignée d'étoiles disposées, telles des galets étincelants, sur l'étendue noire de la nuit.

De temps à autre, dans ce péristyle aux voûtes basses, un soldat s'éveillait et adoptait une nouvelle position, l'expérience du sommeil lui ayant signalé, sous son corps, une surface désagréablement inégale. Ou bien encore il se redressait, clignait des yeux en contemplant le feu dans un instant d'hébétude, jetait un regard rapide sur ses camarades prostrés et se blottissait à nouveau avec un grognement de contentement ensommeillé.

Le jeune soldat resta assis comme un tas abandonné jusqu'à ce que son ami le soldat à la voix forte arrive en faisant se balancer deux gourdes au bout de leur fine courroie.

— Bon, tu vas voir, mon vieux Henry, on va te remettre d'aplomb en moins d'une minute.

Il avait le comportement empressé de l'infirmier amateur. Il s'agita autour du feu, remua les rameaux jusqu'à ce qu'ils flamboient. Il fit boire abondamment son patient à la gourde qui contenait le café. Pour le jeune soldat, ce fut un délicieux breuvage. Il inclina la tête très en arrière en maintenant la gourde longuement collée à ses lèvres. La mixture fraîche coula comme une caresse dans sa gorge boursouflée. Quand il eut terminé, il émit un soupir de plaisir et de contentement.

Le jeune soldat à la voix forte observa son camarade d'un air satisfait. Il tira ensuite de sa poche un mouchoir de grande taille qu'il plia en une sorte de bandage, puis dont il inonda le milieu avec l'eau contenue dans l'autre gourde. De ce pansement rudimentaire il entoura la tête de son ami avant d'en lier, en un nœud de fortune, les deux extrémités sur sa nuque.

— Voilà, déclara-t-il en se reculant pour contempler son œuvre, t'as une mine épouvantable mais j'parie que tu te sens mieux.

Le jeune soldat posa sur son camarade un regard de gratitude. Contre son crâne douloureux et enflé, le tissu froid avait la douceur d'une main de femme.

— Tu brailles pas, tu pipes pas, remarqua son ami d'un ton approbateur. J'sais bien que j'suis aussi adroit qu'un maréchal-ferrant, pour ce qu'est de soigner des malades, mais t'as pas piaillé une seule fois. T'es courageux, Henry. La plupart des gars, y seraient à l'hôpital depuis un bon bout de temps. Une blessure par balle à la tête, c'est pas un truc à prendre à la légère.

Le jeune soldat ne répondit pas mais se mit à triturer les boutons de sa vareuse.

— Allez, viens, maintenant, poursuivit son ami. Viens. Faut que j'te couche et que j'm'assure que t'as une bonne nuit de repos.

Le blessé se releva avec précaution et son camarade à la voix forte le guida à travers les formes endormies étendues en grappes et en rangées. Bientôt, il se baissa pour ramasser son matériel de couchage. Il étendit le tapis par terre et posa la couverture en laine sur les épaules du jeune soldat.

— Voilà, t'es paré. Allonge-toi et dors.

Le jeune homme, avec son attitude de chien docile, s'accroupit prudemment sur le sol comme un vieillard. Il s'allongea avec un murmure de soulagement et de bien-être. La terre lui semblait le plus confortable des canapés.

Mais tout à coup il s'écria :

— Attends une minute ! Où tu vas dormir, toi ?

Son ami eut un geste impatient de la main.

— Pas plus loin qu'ici, près de toi.

— Hé, mais attends une minute. Dans quoi tu vas dormir ? C'est moi qu'ai tes...

Le soldat à la voix forte grogna :

— Tais-toi et dors. Et arrête de faire l'idiot, ajouta-t-il d'un ton sévère.

Après cette réprimande, le jeune soldat ne dit plus rien. Une délicieuse somnolence s'était emparée de lui. L'agréable chaleur de la couverture l'enveloppait d'une douce langueur. Sa tête s'affaissa sur son bras replié et ses paupières lourdes s'abaissèrent doucement sur ses yeux. En entendant des crépitements d'armes à feu dans le lointain, il se demanda avec indifférence s'il arrivait à ces hommes de dormir. Il poussa un long soupir, se pelotonna sous la couverture et, l'instant d'après, il était comme ses camarades.

Chapitre 14

Quand le jeune soldat se réveilla, il lui sembla qu'il avait dormi mille ans et il fut certain d'ouvrir les yeux sur un monde inattendu. Des brumes grises changeaient lentement d'aspect aux premières percées des rayons solaires. Une splendeur imminente était perceptible à l'est, dans le ciel. Une rosée glaciale avait refroidi son visage, et immédiatement après être sorti du sommeil, il se pelotonna plus confortablement sous la couverture. Un moment, il contempla les feuilles, au-dessus de lui, qui s'agitaient au vent annonciateur de la venue du jour.

Les lointains retentissaient et résonnaient du vacarme des combats. Il y avait dans ces bruits l'expression d'une insistance mortelle, comme s'ils n'avaient pas connu de début et n'auraient pas de fin.

Alentour se trouvaient les rangées et les groupes d'hommes qu'il avait vaguement vus la nuit précédente. Ils profitaient des derniers instants de sommeil avant le réveil. Les traits émaciés et creusés par les soucis, leurs visages poussiéreux paraissaient ordinaires dans cette insolite lumière de l'aube, mais elle baignait leur peau de tons cadavériques et donnait l'impression que les membres enchevêtrés étaient privés de pouls et sans vie. Le jeune soldat sursauta avec un petit cri quand ses yeux parcoururent pour la première fois cette masse d'hommes immobiles qui, livides, gisaient à terre les uns contre les autres dans des positions singulières. Son esprit désorienté fit du péristyle forestier un charnier. Il crut un instant qu'il se trouvait dans la maison des morts, et n'osa bouger de crainte que ces cadavres ne se redressent en poussant des cris éraillés et rauques. Une seconde plus tard, pourtant, il retrouva ses esprits. Il se gratifia d'un juron alambiqué, comprenant que ce sombre tableau n'était pas une donnée concrète du présent, mais une simple prophétie.

Il entendit alors le crépitement vif de flammes dans l'air froid et, tournant la tête, vit son ami vaquer auprès d'un foyer modeste. Plusieurs autres silhouettes bougèrent dans le brouillard et il entendit le choc sec de coups de hache.

Soudain il perçut un grondement de tambours sonore. Au loin, un clairon poussa son faible chant. D'autres bruits similaires, de force variée, lui parvinrent de la forêt, proche ou lointaine. Les clairons se répondaient avec insolence tels des coqs de combat. Le grondement des tambours du régiment roula comme le tonnerre.

Du corps des hommes montèrent des bruissements sous les arbres. Les têtes se soulevèrent d'un seul mouvement. Un murmure de voix rompit le silence. C'était une basse continue de jurons grommelés. Des dieux inconnus furent invoqués dans une protestation contre les levers précoces qu'exige l'infléchissement des combats. La voix de ténor péremptoire d'un officier résonna et accéléra les gestes engourdis des hommes. Les membres enchevêtrés se dénouèrent. Les visages aux tons cadavériques disparurent derrière des poings qui frottaient lentement les orbites.

Le jeune soldat se redressa sur son séant et laissa échapper un énorme bâillement.

— Tonnerre, s'exclama-t-il dans un accès de mauvaise humeur.

Il se frotta les yeux puis porta prudemment la main au bandage qui couvrait sa blessure. Son ami, s'apercevant qu'il était réveillé, s'éloigna du feu pour venir le voir.

— Alors, Henry, mon gars, comment tu te sens, ce matin ? voulut-il savoir.

Le jeune soldat bâilla à nouveau. Puis il tordit ses lèvres en une petite moue. En vérité, il avait très exactement la tête comme une pastèque, ainsi qu'une sensation désagréable à l'estomac.

— Oh, Seigneur, j'me sens vraiment pas bien, dit-il.

— Tonnerre ! se récria l'autre. J'espérais que ça irait, ce matin. Voyons voir ce bandage… J'suppose qu'il a glissé.

Il entreprit de tripoter la blessure de manière assez maladroite jusqu'à ce que le jeune soldat explose.

— Sacré nom ! éructa-t-il avec une vive irritation. J'ai jamais vu quelqu'un de plus empoté que toi. T'as les mains dans des moufles, sapristi. Comment tu fais pour pas avoir des gestes plus doux, bon sang de bois ? J'préférerais que tu te recules et que tu me balances des fusils dessus. Bon alors, vas-y doucement et fais pas comme si tu clouais un tapis sur le plancher.

Il regardait son ami avec un air de commandement furieux et impérieux, mais celui-ci répondit d'un ton apaisant.

— Allez, allez, viens maintenant, faut que tu bouffes un peu. Après, p't'êt que tu te sentiras mieux.

Devant le feu de camp, le jeune soldat qui parlait fort para aux besoins de son camarade avec attention et affection. Il s'affaira à présenter en bon ordre les petites tasses noires dépareillées et à y déverser la mixture couleur de fer contenue dans un petit seau en étain noir de suie. Il avait de la viande fraîche qu'il fit rôtir hâtivement sur un bâton. Puis il s'assit et contempla avec jubilation l'appétit du jeune soldat.

Celui-ci vit le changement remarquable qui s'était opéré chez son camarade depuis les jours où ils vivaient dans le campement sur la rive du fleuve. Il ne semblait plus du tout continuellement occupé à estimer l'ampleur de ses accomplissements. Ne se mettait pas en fureur à chaque petit mot qui venait chatouiller son orgueil. Il n'était plus un jeune soldat au verbe haut. En lui s'exprimait une confiance reposante. Il témoignait d'une tranquille assurance dans ses projets et ses capacités. Et cette quiétude intérieure lui permettait de demeurer indifférent aux mots mesquins que les autres hommes lui décochaient.

Le jeune soldat réfléchit. Il avait eu pour habitude de considérer son camarade comme un gosse braillard dont l'audace était imputable à l'inexpérience, entêté, sans discernement, jaloux et doué d'un courage de façade. Un gamin vantard ayant coutume de se pavaner dans sa propre cour. Le jeune soldat se demanda où son camarade avait puisé cette nouvelle vision des choses; quand il avait procédé à la grande découverte que de nombreux hommes refuseraient de se soumettre à ses diktats. Apparemment, son ami avait désormais atteint un sommet de sagesse d'où il était capable de se considérer comme quantité assez négligeable; et le jeune soldat comprit qu'à l'avenir, il serait plus aisé de vivre dans ses parages.

Son ami tenait sa tasse de café couleur d'ébène en équilibre sur son genou.

— Alors, Henry, qu'est-ce t'en penses, de nos chances. Tu crois qu'on va leur flanquer une volée?

Le jeune soldat médita un moment.

— Avant-hier, répondit-il enfin avec aplomb, t'aurais parié que t'allais tous les battre à plate couture à toi tout seul.

Son ami eut l'air un peu ébahi.

— C'est vrai? demanda-t-il avant de s'arrêter à cette déclaration et de finir par ajouter: Ben, p't'êt que t'as raison.

Il tourna un regard humble vers le feu.

Le jeune soldat fut profondément déconcerté par la façon surprenante dont sa remarque avait été reçue.

— Mais non, c'est pas vrai, dit-il en essayant de revenir sur ses paroles.

Mais l'autre eut un geste d'autodérision.

— Oh, t'en fais pas, Henry. Je crois que j'étais un sacré idiot, à l'époque.

On aurait dit que des années s'étaient écoulées depuis.

Il y eut un petit silence.

— Tous les officiers, y disent que les rebelles, on les a repoussés exactement où on veut qu'y soient, reprit son ami après s'être raclé la gorge d'une manière très ordinaire. Ils semblent tous penser qu'on les a repoussés exactement où on veut.

— Ça, j'en sais rien. Ce que j'ai vu là-bas, sur la droite, ça me donne l'impression d'avoir été tout le contraire. De là où j'étais hier, on aurait dit qu'on s'en prenait plein la figure.

— Tu crois ? Moi, j'ai cru qu'on leur mettait une sacrée rossée, hier.

— Pas le moins du monde. Mais, nom de nom, mon gars, t'en as rien vu, de la bataille ! Sacré nom !

Puis une pensée soudaine lui vint.

— Oh ! Jim Conklin est mort.

Son ami sursauta.

— Quoi ? C'est vrai ? Jim Conklin ?

— Oui, répondit lentement le jeune soldat. Il est mort. Une balle dans le flanc.

— J'y crois pas. Jim Conklin… Pauvre gars !

Partout, il y avait d'autres petits feux entourés d'hommes équipés de leurs ustensiles noirs. De l'un d'eux, qui était proche, leur parvinrent les voix soudaines et mordantes d'une querelle. Il semblait que deux soldats hardis s'étaient moqués d'un barbu énorme qui en avait renversé son café sur les genoux de son pantalon bleu. Devenu fou furieux, il avait juré copieusement. Piqués au vif par ses excès de langage, ses persécuteurs s'étaient immédiatement hérissés contre lui en lui faisant clairement comprendre qu'ils n'appréciaient pas du tout ses insultes malavisées. Il n'était pas exclu que l'affaire dégénère en bagarre.

L'ami se leva, s'approcha d'eux et fit avec ses bras des gestes pacificateurs.

— Oh, les gars, dites, à quoi ça nous avance ? On sera face aux rebs' dans moins d'une heure. À quoi ça rime de se bagarrer entre nous ?

Un des soldats impudents se tourna vers lui, le visage cramoisi et l'attitude agressive.

— On en a rien à fiche, de toi et de tes sermons. J'suppose que les bagarres, t'aimes plus ça depuis que Charley Morgan, il t'a flanqué ta raclée. Mais j'vois pas en quoi ça te regarde, toi ou n'importe qui d'autre.

— Ben, c'est sûr, c'est pas mes affaires, répondit l'ami d'une voix douce. N'empêche, j'déteste voir…

S'ensuivit une discussion embrouillée.

— C'est lui qu'a…, déclarèrent les deux compères en pointant un index accusateur sur leur contradicteur.

Le gigantesque soldat était écarlate de fureur. Il les désigna de son énorme main tendue vers eux comme une serre.

— Hé, c'est eux…

Mais au fil de cette phase argumentative, le désir d'échanger des horions sembla leur passer, même s'ils ne lésinèrent pas sur les épithètes. En fin de compte, l'ami regagna son siège. Peu après, les trois antagonistes formaient un groupe avenant.

— Jimmie Rogers dit qu'y faudra que j'me mesure avec lui après la bataille d'aujourd'hui, annonça-t-il au jeune soldat avant de se rasseoir. Il dit qu'il tolère pas qu'on se mêle de ses affaires. J'déteste voir les gars se cogner d'sus.

Le jeune soldat rit.

— T'as drôlement changé. T'es plus du tout comme avant. J'me souviens de la fois où toi et cet Irlandais…

Il se tut et rit à nouveau.

— C'est vrai que j'étais pas comme ça, remarqua l'ami d'un ton songeur. Tout à fait exact.

— Tu sais, j'voulais pas…, commença le jeune soldat.

L'autre eut un geste conciliant.

— Oh, t'en fais pas pour ça, Henry.

À nouveau, ils observèrent un bref moment de silence.

— Le régiment, il a perdu plus de la moitié de ses hommes, hier, finit par remarquer l'ami. Moi, j'ai bien cru qu'ils étaient tous morts, mais bon sang, ils ont continué à réapparaître hier soir jusqu'à ce qu'on dirait bien que finalement, on en a presque pas perdu du tout. Y s'étaient retrouvés éparpillés partout, à marcher à travers bois, à se battre avec d'autres régiments et tout. Exactement comme t'as fait toi.

— Et alors ? demanda le jeune.

Chapitre 15

Le régiment était sous les ordres sur le côté d'un chemin, attendant de se mettre en marche, quand soudain le jeune soldat se souvint du petit paquet enveloppé dans du papier jaune que le soldat qui parlait fort lui avait confié avec des mots funèbres. Cela le fit sursauter. Il poussa une exclamation et se tourna vers lui.

— Wilson !
— Quoi ?

Son camarade, près de lui dans le rang, scrutait la route d'un air pensif. Pour une raison ou une autre, son expression à ce moment-là était très humble. Le jeune soldat, qui lui adressait des regards en coin, se sentit obligé de changer d'idée.

— Oh, rien, fit-il.

Son ami tourna la tête, non sans surprise.

— Quoi ? Qu'est-ce tu voulais dire ?
— Oh, rien, répéta-t-il.

Il prit la résolution de ne pas asséner ce petit coup. Le plaisir de savoir ce qui s'était passé lui suffisait. Il ne servait à rien de lui asséner sur le crâne ce malencontreux paquet.

Il avait beaucoup craint son ami parce qu'il avait vu avec quelle facilité les questions pouvaient provoquer des brèches dans ses sentiments. Ces dernières heures, il avait acquis la conviction que son camarade, qui avait tant changé, ne le mettrait pas au supplice avec sa curiosité persistante, mais il avait la certitude que, lors de leurs premiers moments de loisir, il lui demanderait de lui relater ses aventures de la veille.

Il se réjouissait maintenant d'avoir en sa possession une petite arme dont il pourrait se servir pour terrasser sa curiosité aux premiers signes d'un contre-interrogatoire. Il était maître de la situation. Ce serait lui, désormais, qui pourrait rire et décocher les flèches de la dérision.

L'ami avait, dans un moment de faiblesse, évoqué sa propre mort dans des sanglots. Il avait prononcé une oraison mélancolique avant ses funérailles et avait sans nul doute, dans le paquet de lettres, fait cadeau de divers souvenirs à ses proches. Mais il n'était pas mort et, par conséquent, s'était livré au pouvoir du jeune soldat.

Ce dernier se sentait infiniment supérieur à lui, tout en inclinant à la condescendance. Il adopta une attitude joviale et paternaliste.

Son amour-propre était maintenant totalement restauré : à l'ombre de sa croissance florissante, il se tenait sur des jambes solidement campées et sûres de leur force, et puisque plus rien ne pouvait désormais être découvert, il ne reculait pas devant la perspective d'affronter le regard des juges et ne laissait aucune de ses pensées l'empêcher de cultiver un comportement de bravoure virile. Il avait commis ses erreurs dans l'ombre et, par conséquent, il était encore un homme.

En réalité, quand il se souvenait de sa bonne fortune de la veille et qu'il la considérait avec du recul, il commençait à y déceler quelque chose de positif. Il avait toute licence pour se comporter avec l'orgueil du combattant aguerri.

Les angoisses torturées qui lui avaient ôté le souffle, il les avait chassées loin de lui.

À présent, il se persuadait lui-même que seuls les damnés et les déshérités se dressaient de toute leur sincérité contre les circonstances contraires. Il n'y avait guère qu'eux pour se comporter de la sorte. L'homme qui a l'estomac plein et l'estime de ses compagnons n'a que faire de protester contre tout ce qu'il peut juger anormal dans la façon dont l'univers est construit, ou encore dont l'est la société. Que les infortunés se répandent en vitupérations ; quant aux autres, libre à eux de jouer aux billes.

Il ne consacrait pas beaucoup de pensées aux batailles qui l'attendaient dans l'immédiat. Qu'il s'organise en fonction d'elles n'était pas essentiel. Il avait appris que de nombreuses obligations, dans l'existence, peuvent facilement être évitées. Les leçons de la veille avaient été que l'attribution de la récompense ou du châtiment était dilatoire et aveugle. Ayant ces réalités sous les yeux, il n'estimait pas utile de faire preuve de fébrilité face à ce qui pouvait survenir dans les prochaines vingt-quatre heures. Il s'en remettrait largement au hasard. Et puis, une foi en sa bonne étoile s'était secrètement épanouie en lui. Une petite fleur de confiance qui poussait. Il était maintenant un homme d'expérience. Il avait cheminé au milieu des dragons, pensa-t-il, et il se rassura en se disant qu'ils n'étaient pas aussi hideux qu'il les avait imaginés. Enfin, ils étaient faillibles : ils ne frappaient pas avec justesse. Un cœur intrépide souvent les défiait, et, les défiant, leur échappait.

En outre, comment pouvaient-ils le tuer, lui, l'élu des dieux, qui plus est promis à la grandeur ?

Il se souvenait comment certains soldats avaient déserté le combat. En se remémorant leurs visages frappés de terreur, il ressentit du mépris à leur égard. Ils avaient certainement manifesté plus de célérité et de panique qu'il n'était absolument nécessaire. C'étaient de pusillanimes mortels. Lui avait fui avec discernement et dignité.

Il fut tiré de cette rêverie par son ami qui, après s'être agité sur place pendant un bon moment en jetant des regards vers les arbres, toussa soudain en guise d'entrée en matière et parla.

— Fleming !

— Quoi ?

L'ami porta la main à sa bouche et toussa de nouveau. Il se tortillait dans sa vareuse.

— Ben, fit-il en déglutissant, j'pense que tu pourrais me les rendre, ces lettres.

Un sang sombre et cuisant lui empourprait maintenant les joues et le front.

— D'accord, Wilson, répondit le jeune soldat.

Il défit deux boutons, plongea la main sous sa vareuse et en sortit le paquet. Quand il le tendit à son ami, il constata que celui-ci avait détourné le visage.

Il lui avait fallu du temps pour produire le paquet parce que, ce faisant, il avait essayé d'inventer un commentaire marquant au sujet de toute cette histoire. Il n'avait réussi à rien trouver qui fût suffisamment adapté. Il était contraint de laisser son ami s'en tirer à bon compte en reprenant son paquet. Et de ce geste il tirait personnellement un avantage considérable. C'était là une action généreuse.

À son côté, son ami semblait éprouver une grande honte. Tandis qu'il le regardait, le jeune soldat sentit son cœur gagner en force et en robustesse. Jamais il n'avait été contraint de rougir de la sorte en raison de ses actes ; il était un homme d'un mérite extraordinaire.

Avec une pitié condescendante, il songea : Dommage ! Dommage ! Le pauvre diable, ça lui donne l'impression d'avoir du caractère !

Après cet incident, et alors qu'il se repassait dans la tête les images des combats auxquels il avait assisté, il sentit qu'il avait toute compétence pour rentrer chez lui et faire vibrer le cœur des villageois avec ses récits de guerre. Il se représenta dans une pièce aux teintes chaleureuses, à raconter des anecdotes à ceux qui l'écoutaient. Il pourrait exposer ses lauriers. Ils étaient insignifiants, mais dans une région où les lauriers sont rares, il n'était pas exclu qu'ils étincellent.

Il imagina ses auditeurs, bouche bée, qui verraient en lui le personnage central de scènes éclatantes. Et il songea à la consternation et aux exclamations de sa mère et de la jeune fille de l'école locale tandis qu'elles boiraient ses péroraisons. Les représentations vagues et édulcorées que se font les femmes quand elles parlent des proches bien-aimés qui, sans risquer leur vie, réalisent des actes de bravoure sur le champ de bataille, voleraient en éclats.

Chapitre 16

Le crépitement des fusils avait retenti sans répit. Plus tard, le canon s'était mêlé à la discorde. Dans l'atmosphère chargée de brouillard, leurs voix rendaient un son mat. La réverbération était continue. Cette partie du monde menait une existence guerrière singulière.

Le régiment du jeune soldat reçut l'ordre de partir relever des troupes qui étaient restées longtemps allongées dans des retranchements humides. Les hommes se protégèrent en lisière des bois derrière une ligne de positions de tir incurvée, semblable à un large sillon de terre retournée. Devant eux se trouvait une étendue plane, peuplée de souches basses et déformées. Des bois situés au-delà leur parvenaient les détonations assourdies émanant des voltigeurs et des sentinelles qui faisaient feu dans le brouillard. De la droite arrivaient les échos d'un épouvantable fracas.

Ils étaient blottis derrière le petit remblai, assis dans des attitudes désinvoltes en attendant leur tour. Beaucoup tournaient le dos à la fusillade. L'ami du jeune soldat s'allongea sur le sol, enfonça sa tête dans ses bras et, presque aussitôt sombra apparemment dans un profond sommeil.

Le jeune soldat colla sa poitrine contre la terre brune et inspecta les bois, de part et d'autre de la ligne de front. Des rideaux d'arbres bloquaient son champ de vision. Il ne pouvait distinguer la ligne basse des retranchements que sur une courte distance. Quelques drapeaux paresseux étaient perchés sur de petits monticules de terre. Au-delà, il apercevait des rangées de corps sombres et plusieurs têtes curieuses qui dépassaient au sommet.

Les coups de feu des voltigeurs claquaient sans discontinuer dans les bois situés en face et à gauche, et, sur la droite, le vacarme avait pris des proportions effrayantes. Les canons tonnaient sans reprendre souffle un seul instant. On aurait dit qu'ils tiraient de tous les horizons et qu'ils s'étaient lancés dans un gigantesque duel d'imprécations. Il devint impossible de prononcer une phrase audible.

Le jeune soldat avait envie de lancer une plaisanterie… une citation tirée d'un journal. Cela le démangeait de dire: "Sur la Rappahannock, rien de nouveau*", mais les canons refusaient de laisser ne serait-ce qu'un commentaire empiéter sur leurs grondements. Jamais il ne parvenait à terminer sa phrase. Finalement les pièces d'artillerie se turent, et parmi les hommes cachés dans les abris, des rumeurs volèrent à nouveau, comme des oiseaux, mais dans leur majorité il s'agissait désormais de créatures noires qui battaient des ailes près du sol avec lassitude, refusant de prendre l'envol de l'espoir. Le visage des combattants se fit morne à force d'interpréter des présages. Leur parvenaient aux oreilles des récits dénonçant hésitations et incertitudes chez ceux qui occupaient des postes supérieurs et avaient des responsabilités. Des histoires de

---

* Rivière de Virginie, tout comme le Potomac. Les titres des journaux nordistes utilisèrent le nom de ce fleuve, *All Quiet on the Potomac*, pour critiquer l'attentisme de l'armée nordiste dans la période précédant la bataille de Charlottesville, qui eut lieu en mai 1863. En 1930, ce titre sera repris pour le film tiré du roman de l'Allemand Erich Maria Remarque, consacré à la Première Guerre mondiale et réalisé par Lewis Milestone, *All Quiet on the Western Front (À l'Ouest, rien de nouveau)*.

désastres attestés par de multiples preuves s'imprimaient dans leurs pensées. Le vacarme de la fusillade, sur leur droite, qui s'amplifiait comme un génie sonore libéré d'une lampe magique, démontrait et soulignait la situation critique de l'armée.

Les soldats démoralisés commencèrent à grommeler. Ils avaient des gestes qui signifiaient: "Ah, qu'est-ce qu'on peut faire de plus?" Et il était patent qu'ils étaient abasourdis par les prétendues nouvelles et ne réussissaient pas à appréhender pleinement une défaite.

Avant que les brumes grises n'eussent été totalement dissipées par les rayons du soleil, la colonne du régiment marchait en ordre dispersé, se repliant prudemment à travers bois. Les lignes ennemies déployées qui se ruaient à sa poursuite étaient parfois visibles à travers bosquets et petits champs. Elles poussaient à tue-tête des hurlements d'exultation.

À cette vue, le jeune soldat oublia bien des soucis personnels et fut pris d'une rage violente. Il explosa en imprécations sonores.

— Nom d'un chien, on est commandés par des généraux qui sont rien qu'un tas de fieffés crétins.

— T'es pas le premier à le dire aujourd'hui, observa un soldat.

Son ami, qui venait de sortir du sommeil, était encore sérieusement abruti. Il regarda derrière lui jusqu'à ce que son esprit prenne la mesure du mouvement. Puis il soupira.

— Bon, on dirait qu'on s'est fait battre à plate couture, remarqua-t-il tristement.

Le jeune avait le sentiment qu'il ne serait pas bien vu de sa part d'accabler directement les autres. Il fit un effort pour se contenir, mais il y avait trop d'amertume dans les mots qui se pressaient sur sa langue. Il se lança bientôt dans le procès circonstancié mais tortueux du commandant des forces armées.

— P't'êt que c'est pas tout de sa faute, intervint son ami d'un ton las. Pas entièrement. Il a fait du mieux qu'y pouvait. C'est bien notre chance si on se fait battre souvent.

Il se traînait pesamment, les épaules voûtées et les yeux fuyants, tel un homme qui vient de recevoir des coups de pieds et de trique.

— Eh quoi ? interrogea le jeune soldat d'une voix forte. Est-ce qu'on se bat pas comme des démons ? Est-ce qu'on fait pas tout ce qu'est possible à des hommes de faire ?

Il se sentit secrètement abasourdi que pareille opinion fût montée à ses lèvres. Un instant, son visage se départit de sa vaillance et il jeta des regards coupables alentour. Mais personne ne lui contesta le droit de prononcer ces mots, et il retrouva très vite son attitude de bravoure. Il continua en reprenant une déclaration qu'il avait entendue passer de groupe en groupe le matin même au campement.

— Le général de brigade, il a dit qu'il avait jamais vu un nouveau régiment se battre comme on s'est battus hier, pas vrai ? Et on a pas fait mieux que plein d'autres régiments, si ? Alors on peut pas dire que c'est la faute à l'armée, hein ?

Son ami, dans sa réponse, prit un ton grave.

— Bien sûr que non. Personne osera dire qu'on s'est pas battus comme des démons. Personne osera jamais. Les gars, y se sont battus comme des enragés. Mais quand même... quand même, on en a pas, de la chance.

— Ben alors, si on se bat comme des enragés et qu'on les écrase jamais à plate couture, faut bien que ça soit de la faute au général, déclara le jeune soldat avec une emphase catégorique. Et j'vois pas à quoi ça sert de se battre, encore et toujours, et de pas arrêter de perdre à cause d'un satané imbécile de général.

Un soldat sarcastique qui marchait à côté du jeune soldat prit alors la parole d'un ton détaché.

— P't'êt que tu t'imagines qu'hier, t'as livré bataille à toi tout seul, Fleming, railla-t-il.

Ces paroles le percèrent à vif. Intérieurement, par ces mots lancés au hasard, il était réduit à un tas pulpeux d'abjection. Ses jambes tremblaient secrètement. Il jeta un regard effrayé vers le soldat sarcastique.

— Évidemment que non, se hâta-t-il de répondre d'un ton conciliant, je m'imagine pas que je l'ai livrée tout seul, cette bataille.

Mais son interlocuteur semblait innocent de toute intention cachée. Apparemment, il ne disposait d'aucune information particulière. C'était juste une habitude, chez lui.

— Oh, se contenta-t-il de réagir sur le même ton de calme dérision.

Le jeune soldat, néanmoins, avait pris conscience d'une menace. Son esprit refusa de s'approcher davantage du danger et, par la suite, il garda le silence. La signification des mots prononcés par le soldat sarcastique eut raison chez lui de toute velléité de pérorer susceptible de le mettre en avant. Il se fit tout à coup discret.

Il y eut dans la troupe des discussions à voix basses. Les officiers étaient nerveux, ils avaient la réplique mordante et le visage assombri par les récits de leur mauvaise fortune. Les hommes traversaient la forêt, maussades. Dans la compagnie du jeune homme, le rire d'un soldat retentit. Une douzaine d'autres tournèrent aussitôt leur regard vers lui et froncèrent les sourcils dans un mécontentement vague.

Le bruit des détonations suivait obstinément leurs pas. Parfois, il semblait s'éloigner un peu, mais il revenait invariablement, avec une insolence accrue. Les hommes grommelaient et juraient en jetant des regards noirs dans sa direction.

Dans un espace dégagé, ordre leur fut communiqué de marquer une pause. Régiments et brigades, brisés et dispersés par leurs luttes contre les fourrés, se reformèrent et les lignes furent disposées face aux aboiements de la meute des fantassins ennemis.

Ce bruit qui les suivait comme les jappements avides de chiens de métal lancés à leur poursuite gonfla jusqu'à un tumulte puissant et enjoué, puis, tandis que le soleil montait sereinement dans le ciel, illuminant de ses rayons les sombres sous-bois, éclata en un tintamarre prolongé. Les bois se mirent à crépiter comme s'ils étaient en feu.

— Sacré nom de nom, s'écria un homme, nous y voilà ! Tout le monde s'affronte. Sang et destruction.

— J'étais prêt à parier qu'ils allaient attaquer dès que le soleil serait suffisamment haut, déclara férocement le lieutenant qui commandait la compagnie du jeune soldat.

Il tirait sans pitié sur sa petite moustache en arpentant le sol avec une dignité farouche derrière ses hommes, allongés à l'abri de ce qu'ils avaient pu trouver pour se protéger.

Une batterie de canons avait bruyamment pris position en retrait et arrosait avec sollicitude le lointain à l'aide de ses pièces d'artillerie. Le régiment, jusque-là indemne, attendait le moment où les ombres grises des bois, devant eux, seraient déchirées par les lignes de feu. On entendait quantité de marmonnements et de jurons.

— Bon Dieu, grogna le jeune soldat, on est tout le temps à se faire pourchasser comme des rats ! Ça me rend malade. Personne a l'air de savoir où on va, ni pourquoi on y va. On arrête pas de se faire tirer dessus, chasser d'un pilier à un poteau, on se fait étriller ici, on se fait étriller là, et personne sait à quoi ça sert. On se croirait enfermés dans un sac comme un fichu chaton. Moi, pour commencer, j'aimerais bien savoir pourquoi, au nom de l'enfer éternel, on l'a reçu, l'ordre d'y marcher, dans ces bois, à moins que ça soit pour que les rebs' y puissent nous canarder tranquillement. On est venus ici où on s'est pris les jambes dans ces saletés de ronces, et après on s'est mis à combattre et les rebs' y nous ont tirés comme des lapins. Venez pas me raconter que c'est qu'une question de chance ! J'sais bien que non. C'est ce fieffé vieux…

Son ami semblait épuisé, mais il l'interrompit d'une voix calme et confiante.

— Ça se terminera bien, tu verras, dit-il.

— Mon œil que ça se terminera bien ! T'es toujours à parler avec des mots de chien battu comme un satané pasteur. J'veux pas entendre ça ! J'sais…

À cet instant, le lieutenant à l'esprit féroce s'interposa car il était obligé de se décharger d'un peu de son mécontentement intérieur sur le dos de ses hommes.

— Ah, vous autres, fermez-la tout de suite ! Ça sert à rien, que vous gâchiez votre énergie dans des discussions interminables sur un truc ou un autre. Vous arrêtez pas de caqueter comme un tas de vieilles poules. Tout ce qu'on vous demande c'est de vous battre, et vous allez y avoir droit dans une dizaine de minutes. Moins de bavardages et plus de combats, c'est exactement ce qu'y vous faut, les gars. J'ai jamais vu des ânes pareils passer autant de temps à discutailler.

Il se tut, prêt à sauter sur le premier qui aurait l'audace de répliquer. Aucune parole n'étant prononcée, il reprit ses dignes va-et-vient.

— Y a trop de papotages et trop peu d'affrontements dans cette guerre, de toute façon, leur dit-il en tournant la tête pour leur lancer cette ultime remarque.

La journée se trouva de plus en plus gagnée par la blancheur jusqu'à ce que le soleil répande son rayonnement maximal sur la forêt envahie de soldats. Une sorte de bourrasque guerrière souffla sur la portion de la ligne de front qu'occupait le régiment. Il s'adapta légèrement pour la recevoir de face. Il y eut un temps d'attente. Sur cette zone du champ de bataille s'écoulèrent lentement les moments intenses qui précèdent la tempête.

Un unique coup de fusil partit d'un fourré, devant le régiment. Immédiatement, beaucoup d'autres l'imitèrent. Un immense concert de craquements et de claquements parcourut les bois. Les canons postés à l'arrière, tirés de leur torpeur et rendus furieux par les obus qui leur étaient envoyés comme des bardanes, se lancèrent soudain dans une altercation hideuse avec une autre batterie d'armes lourdes. Le rugissement de la bataille se changea en un roulement de tonnerre continu qui ne formait plus qu'une seule explosion prolongée.

Dans le régiment, le comportement des soldats dénota une forme d'hésitation particulière. Ils étaient épuisés, las, n'avaient que peu dormi et s'étaient énormément activés. Attendant d'encaisser le choc, ils roulaient des yeux en direction de la bataille qui fondait sur eux. Certains courbaient le dos en tressaillant. On eût dit des hommes attachés sur un pilori.

Chapitre 17

Aux yeux du jeune soldat, cette avancée de l'ennemi ressemblait à une chasse impitoyable. Il se mit à fulminer de rage et d'exaspération. Il tapa du pied par terre et posa un regard haineux sur les tourbillons de fumée qui approchaient comme un déferlement fantôme. Il y avait de quoi rendre fou dans cette apparente résolution de l'ennemi à ne pas lui laisser de repos, à ne lui octroyer aucun moment pour s'asseoir et réfléchir. La veille, il avait combattu et avait promptement pris la fuite. Il y avait eu bien des péripéties. Aujourd'hui, il avait le sentiment d'avoir acquis le droit de jouir d'un répit contemplatif. Il aurait apprécié de dépeindre à des auditeurs profanes diverses scènes dont il avait été témoin, ou de discuter d'un ton compétent des mécanismes de la guerre avec d'autres hommes expérimentés. En outre, il était important qu'il pût avoir le temps de récupérer physiquement. Son corps était raide et douloureux à la suite de ce qu'il avait traversé. Il avait eu son content d'efforts en tous genres et aspirait au repos.

Mais ces hommes qu'ils affrontaient ne semblaient jamais être gagnés par la fatigue ; ils combattaient toujours avec la même ardeur. Le jeune soldat ressentait une haine sauvage à l'égard de ces implacables ennemis. La veille, lorsqu'il avait imaginé que l'univers était contre lui, il l'avait détesté, petits et grands dieux mêlés ; aujourd'hui, il vouait à l'armée ennemie la même haine incommensurable. Il était hors de question qu'on le prive de sa vie comme un chaton pourchassé par des garnements, protesta-t-il. Il n'était pas bien d'acculer des hommes dans des impasses mortelles ; en de telles heures, il pouvait à tous pousser griffes et crocs.

Il se pencha pour parler à l'oreille de son ami. Il accompagna ses mots d'un geste de menace en direction des bois.

— S'ils continuent à nous pourchasser, bon sang, ils ont intérêt à faire gaffe. Y a des limites à pas dépasser.

Son ami tourna la tête et lui répondit calmement.

— S'ils continuent à nous pourchasser, ils vont tous nous balancer à la flotte.

Le jeune soldat accueillit cette affirmation avec un cri sauvage. Il s'accroupit derrière un arbuste, les yeux incandescents de fureur et les lèvres retroussées sur les dents dans un rictus. Le pansement maladroit lui ceignait toujours le crâne et, sur le tissu, au niveau de la blessure, s'étalait une tache de sang séché. Ses cheveux étaient incroyablement enchevêtrés et quelques boucles folles égarées lui pendaient sur le front, au-dessus du bandage. Vareuse et chemise étaient ouvertes au col et exposaient son jeune cou bronzé. On voyait à sa gorge qu'il déglutissait spasmodiquement.

Ses doigts s'enroulaient nerveusement autour du fusil. Il aurait voulu que ce fût une machine à la puissance annihilatrice. Il avait le sentiment que ses compagnons et lui étaient raillés, tournés en ridicule pour leurs convictions sincères parce qu'ils étaient pauvres et chétifs. Le fait de savoir qu'il était dans l'incapacité d'en tirer vengeance transformait sa rage en un spectre sombre et tempétueux qui le possédait et le faisait rêver de cruautés abominables. Ses tourmenteurs étaient des mouches qui lui suçaient insolemment le sang, et il pensait qu'il était prêt à donner sa vie pour goûter la vengeance de voir leurs visages en des circonstances désespérées.

Les vents de la bataille soufflèrent tout autour du régiment quand un fusil, aussitôt imité par d'autres, fit feu droit sur sa ligne de défense. Un instant plus tard, la vaillante et soudaine riposte jaillit dans un rugissement. Une épaisse muraille de fumée s'abattit lentement. Elle fut rageusement perforée et déchirée par les éclairs des fusils, aussi vifs que des coups de couteau.

Pour le jeune soldat, les adversaires ressemblaient à des animaux jetés dans un enclos ténébreux pour un combat à mort. Il eut la sensation que lui et ses compagnons, aux abois, résistaient à l'assaillant, repoussaient interminablement les assauts de créatures insaisissables. Les flammes écarlates de leurs armes semblaient n'avoir aucune prise sur le corps des ennemis, lesquels paraissaient les esquiver avec facilité, leur échappant avec un savoir-faire qui ne rencontrait pas d'opposition.

Quand, dans sa rêverie, il vint à l'esprit du jeune soldat que son fusil n'était qu'un bâton impuissant, il perdit conscience de tout hormis de sa haine, de son désir d'écrabouiller le sourire radieux de la victoire qu'il identifiait sur le visage des combattants de l'autre camp.

La ligne de front bleue avalée par la fumée se tordait et se contorsionnait comme un serpent sur lequel on vient de marcher. Elle projetait ses deux extrémités ici et là dans une apogée de peur et de fureur.

Le jeune soldat n'avait pas conscience d'être debout. Il ne savait pas où se trouvait le sol. De fait, à un moment, il perdit l'équilibre et chuta lourdement. Il se releva aussitôt. Une pensée surgit alors dans le chaos de ses idées. Il se demanda s'il était tombé parce qu'il avait été blessé par balle. Mais ce soupçon s'évanouit aussitôt. Il n'y repensa plus.

Il avait adopté une première position derrière un arbuste, avec la détermination absolue de la défendre contre le monde entier. Il n'avait pas estimé possible que son armée pût vaincre en ce jour et, dans cette conviction, trouvait la capacité de se battre plus intensément. Mais la multitude s'était précipitée, venant de toutes les directions, jusqu'à ce qu'il eût perdu toute notion de lieu et d'orientation, hormis celle de l'endroit où se tenait l'ennemi.

Il sentait la morsure des flammes et la fumée brûlante qui grillait sa peau. Le canon du fusil devenait si chaud que, d'ordinaire, il n'aurait pu en tolérer le contact sur ses paumes ; mais il ne cessait d'y insérer des projectiles, les y enfonçait avec sa tige de chargement qui cliquetait et ployait. S'il visait telle silhouette mouvante à travers la fumée, il appuyait sur la détente avec un grognement féroce, comme s'il décochait un coup de poing en y mettant toutes ses forces.

Quand l'assaillant donnait l'impression de reculer devant lui et ses camarades, il avançait instantanément, tel un chien qui, voyant ses ennemis à la traîne, se retourne et les incite à le poursuivre. Et quand il était contraint de battre à nouveau en retraite, il le faisait lentement, à contrecœur, à pas désespérés et courroucés.

Une fois, dans sa haine inflexible, il se retrouva à tirer, presque seul, alors que tous ceux qui l'environnaient avaient cessé de le faire. Il était si captivé par son occupation qu'il n'avait pas eu conscience de l'accalmie.

Il fut rappelé à la réalité par un rire rauque et une apostrophe qui lui parvint aux oreilles, portée par une voix où le mépris le disputait à l'étonnement.

— Espèce de fichu crétin, t'es même pas capable de t'arrêter quand y a plus rien sur quoi tirer ? Bon sang de bois !

Il se retourna et, le fusil à moitié en position de tir, regarda la ligne bleue de ses camarades. Durant cet instant de répit, ils semblaient le fixer avec stupéfaction. Ils étaient devenus spectateurs. Pivotant à nouveau vers le front, il vit, sous la fumée qui s'élevait, une étendue désertée.

Un court instant il parut désorienté. Puis, dans le vide terne de son regard, apparut une étincelle de compréhension.

— Oh, fit-il en saisissant la situation.

Il rejoignit ses camarades et se laissa tomber sur le sol où il demeura affalé, comme un homme roué de coups. Sa chair lui paraissait étrangement en feu et les bruits de la bataille restaient présents à ses oreilles. Il chercha sa gourde à tâtons.

Le lieutenant pavoisait. Il semblait ivre de combats. Il s'adressa au jeune soldat :

— Par le ciel, si j'avais dix mille chats sauvages dans votre genre, en moins d'une semaine je pourrais lui arracher ses entrailles, à cette guerre !

En prononçant ces mots, il gonflait le torse avec une dignité exagérée.

Parmi les hommes, plusieurs marmonnèrent et regardèrent le jeune soldat comme s'ils n'en croyaient pas leurs yeux. De toute évidence, pendant qu'il avait continué de charger son fusil, de tirer et de jurer sans marquer le moindre temps d'arrêt, eux avaient pu l'observer à loisir. Et ils le contemplaient désormais comme s'il était un foudre de guerre.

Son ami s'approcha de lui en titubant. Il y avait de la crainte et de l'inquiétude dans sa voix.

— Ça va, Fleming ? Tu te sens bien ? Dis, Fleming, t'as rien, hein ?

— Non, répondit le jeune soldat avec difficulté car sa gorge lui semblait obstruée d'excroissances et de protubérances.

Cet épisode le fit réfléchir. Il venait d'avoir la révélation qu'il était un barbare, une bête. Il s'était battu comme un païen qui défend sa religion. En y regardant de plus près, il comprit que c'était bien, sauvage, et, à certains égards, facile. Il avait donné l'image d'un guerrier redoutable, cela n'était pas contestable. Grâce à ce combat, il avait surmonté des obstacles qu'il avait considérés comme des montagnes et qui s'étaient effondrés tels des reliefs de papier. Quant à lui, il était devenu ce qu'il appelait un héros. Et il n'avait pas eu conscience de ce processus. Il avait dormi et, à son réveil, découvert qu'il était changé en chevalier.

Il resta allongé à se réchauffer au regard de ses compagnons. Leurs visages étaient d'une noirceur variable en raison de la poudre brûlée. Certains étaient totalement barbouillés. Ils empestaient la sueur, avaient la respiration précipitée et sifflante. Et sur cette étendue souillée, ils le fixaient des yeux.

— Superbe travail ! Superbe travail ! s'exclamait le lieutenant au comble du délire.

Il ne tenait pas en place, marchant de long en large d'un pas forcené. Parfois, on entendait sa voix partir d'un rire sauvage, incompréhensible.

Quand lui venait une pensée particulièrement perspicace sur la science de la guerre, il s'adressait toujours inconsciemment au jeune soldat.

Parmi les hommes, certains se réjouirent avec gravité.

— Tonnerre, j'parie que l'armée, elle en reverra plus jamais, un régiment comme le nôtre !

— Ça fait pas de doute !

— "Un chien, une femme, et un noyer. Autant battus, autant déterminés !"[*] C'est exactement comme nous.

---

[*] Basé sur une fable d'Esope, "Le Noyer", ce proverbe misogyne dont on connaît de nombreuses variantes signifie en substance : "Un chien, une femme, un noyer/ Plus vous les frappez, meilleurs ils seront."

— Ils ont perdu un sacré paquet d'hommes, pour sûr. Si une p'tite vieille s'en venait nettoyer les bois, elle en récupérerait une pleine pelletée.

— Oui, et si elle s'en revient d'ici à peu près une heure, elle s'en récupérera encore bien plus.

La forêt résonnait toujours du fardeau des clameurs. Sous les arbres se répercutait le crépitement nourri des fusils. Chacun des fourrés qu'on distinguait au loin ressemblait à un porc-épic doté de piquants de feu. Un nuage de fumée sombre, comme s'élevant au-dessus de ruines fumantes, montait vers le soleil désormais vif et gai dans l'émail bleu du ciel.

Chapitre 18

La ligne de front battue en brèche bénéficia d'un répit de quelques minutes, mais durant cette accalmie, les combats dans la forêt s'amplifièrent jusqu'à ce que les arbres paraissent frissonner sous la fusillade et le sol trembler sous les charges des combattants. Les voix des canons se mêlaient en une longue et interminable dispute. Il semblait difficile de vivre dans une telle atmosphère. La poitrine des hommes s'efforçait de trouver un peu de fraîcheur et leur gorge réclamait à boire.

L'un d'eux, qui avait eu le corps transpercé par une balle, poussa un cri d'âpre lamentation quand survint cette accalmie. Peut-être n'avait-il cessé de le faire aussi pendant la bataille, sans qu'à ce moment-là personne ne l'entende. Là, les hommes se tournèrent vers les plaintes lamentables de celui qui gisait à terre.

— Qui c'est ? Qui c'est ?
— C'est Jimmie Rogers. Jimmie Rogers.

Quand leurs yeux le découvrirent, il y eut une pause soudaine comme s'ils craignaient de s'avancer davantage. Il se débattait dans l'herbe, tordant en de nombreuses et étranges postures son corps secoué de tremblements. Il hurlait à pleins poumons. Cet instant d'hésitation sembla l'emplir d'un mépris immense, inouï, et il les maudit en proférant des imprécations stridentes.

L'ami du jeune soldat s'était fait une illusion géographique au sujet d'une rivière, et il obtint la permission d'aller chercher de l'eau. Il fut immédiatement surchargé d'une grande quantité de gourdes.

— Remplis la mienne, tu veux bien ?

— Rapporte-m'en aussi.

— À moi aussi.

Il partit avec un plein chargement. Le jeune soldat l'accompagna, ressentant le désir de plonger son corps surchauffé dans l'eau courante et, en s'y trempant, de boire à satiété.

Ils se livrèrent à une recherche hâtive du supposé cours d'eau, mais ne le trouvèrent pas.

— Pas d'eau ici, constata le jeune soldat.

Ils firent demi-tour sans délai, entreprenant de revenir sur leurs pas.

De l'endroit où ils se trouvaient quand ils firent à nouveau face au théâtre des combats, ils furent évidemment à même d'avoir une meilleure compréhension de la bataille qu'au moment où leur vision avait été brouillée par la fumée tournoyante du front. Ils virent des files de troupes foncées qui serpentaient dans la campagne et, en un endroit dégagé, un alignement de canons qui crachaient des nuages gris pleins de grands éclairs de flammes orangées. Au-dessus des frondaisons, ils distinguèrent le toit d'une maison. Une fenêtre, éclairée d'un rouge sanglant meurtrier, brillait ostentatoirement à travers les feuilles. De l'édifice, une haute colonne de fumée montait dans le ciel.

En observant leurs propres lignes, ils virent des masses mélangées se positionner lentement en bon ordre. Le soleil transformait l'acier éblouissant en points scintillants. Sur l'arrière, ils distinguaient fugitivement une route lointaine qui s'incurvait le long d'une pente. Elle était couverte de fantassins battant en retraite. De la forêt enchevêtrée s'élevait partout la fumée et les échos déchaînés des combats. L'air était constamment saturé de grondements.

Non loin de leur poste d'observation, des obus fendaient l'air dans des hululements. De temps à autre, des balles vrombissaient et se fichaient dans les troncs d'arbres. Des blessés et d'autres soldats en déroute se glissaient subrepticement à travers bois.

Par la perspective d'une travée dans le bosquet, le jeune soldat et son camarade virent un général tout en cliquetis et son état-major manquer écraser sous les sabots de leurs montures un blessé qui se déplaçait à quatre pattes. Le général tira brusquement sur les rênes qui pendaient à la bouche ouverte et écumante de son cheval et lui fit éviter le malheureux. Ce dernier s'écarta en toute hâte. Les forces lui manquèrent visiblement lorsqu'il atteignit un lieu sûr. Un de ses bras céda brusquement et il s'effondra, chavirant sur le dos. Il demeura étendu là, respirant doucement.

Un moment plus tard, dans le couinement du cuir, les cavaliers s'arrêtèrent juste devant les deux soldats. Un autre officier, qui montait avec la décontraction experte d'un cow-boy, arriva au galop pour s'immobiliser face au général. Les deux fantassins que nul n'avait remarqué firent plus ou moins semblant de poursuivre leur chemin, mais traînèrent dans les parages avec l'espoir de surprendre la conversation. Peut-être, pensaient-ils, des propos d'une importance historique seraient-ils échangés.

Le général, dont les deux garçons savaient qu'il était à la tête de leur division, regarda l'autre officier et s'exprima d'un ton calme, comme s'il critiquait son uniforme.

— L'ennemi se reforme là-bas avant de lancer une nouvelle charge, dit-il. Elle sera dirigée contre Whiterside, et je crains qu'elle effectue une percée à moins qu'on se démène comme des diables pour les empêcher de passer.

L'interlocuteur adressa un juron à son destrier rétif puis se racla la gorge. Il eut un geste en direction de sa casquette.

— Ça va être un carnage de les arrêter, répondit-il d'un ton sec.

— J'imagine, remarqua le général.

Il se mit alors à parler très vite à voix plus basse. Il illustrait fréquemment ses propos en tendant l'index. Les deux fantassins ne parvinrent plus à entendre quoi que ce soit jusqu'à ce qu'il demande :

— De quelles troupes vous pouvez vous passer ?

L'officier qui montait comme un cow-boy réfléchit un instant.

— Eh bien, j'ai dû donner l'ordre au 12ᵉ d'aller prêter main forte au 76ᵉ, et j'en ai pas vraiment de disponible. Mais y a le 304ᵉ. Ils se battent comme un tas de muletiers. C'est d'eux que j'peux me passer le plus facilement.

Le jeune soldat et son ami échangèrent des regards de stupéfaction.

Le général parla d'un ton sans réplique.

— En ce cas, qu'ils se tiennent prêts. D'ici, je vais surveiller ce qui se passe et je vous ferai savoir quand y faudra les mettre en branle. Ça va être dans cinq minutes.

Au moment où l'autre officier portait ses doigts à sa casquette, faisait exécuter une volte-face à sa monture et repartait, le général lui lança d'une voix sobre :

— Vos muletiers, je crois pas qu'y en a beaucoup qu'en reviendront.

Le subordonné lui répondit en criant quelque chose. Il sourit.

Avec des mines effrayées, le jeune soldat et son compagnon se hâtèrent de regagner le régiment.

Ces événements n'avaient duré qu'un temps incroyablement court, et néanmoins le jeune soldat eut la sensation que les avoir vécus l'avait considérablement fait avancer en âge. Ils lui avaient ouvert les yeux. Et ce qu'il y avait de plus saisissant, c'était d'apprendre brusquement à quel point il était parfaitement insignifiant. L'officier avait parlé du régiment comme s'il se référait à un balai. Il y avait peut-être un endroit, dans ces bois, qui avait besoin d'être balayé, et il s'était borné à signaler la présence de cet ustensile d'un ton logiquement indifférent au destin de l'outil. C'était la guerre, évidemment, mais cela paraissait étrange.

Lorsque les deux garçons approchèrent de leur position, le lieutenant les aperçut et déversa toute son indignation.

— Fleming... Wilson... Combien de temps y vous faut pour aller en chercher, de l'eau, bon sang ? Où vous êtes allés ?

Mais son discours s'interrompit quand il vit leurs yeux tout arrondis par l'importance de ce qu'ils avaient à rapporter.

— On va charger... on va charger ! s'écria l'ami du jeune dans sa précipitation à communiquer la nouvelle.

— Charger ? reprit le lieutenant. Charger ? Sacré bon sang ! Ce coup-là, ça rigole plus.

Sur son visage couvert de saleté s'étala un sourire fanfaron.

— Charger ? répéta-t-il. Sacré bon sang !

Un petit groupe de camarades entoura les deux garçons.

— C'est vrai, c'est pas des blagues ? Ça alors, je veux ben être pendu ! Charger ? Pourquoi ? Contre qui ? Wilson, tout ça, c'est des mensonges.

— Croix de bois, croix de fer..., rétorqua le jeune en adoptant un ton furieux plein de reproches. Ça fait pas un pli, j'vous dis.

Et son ami confirma ses paroles :

— Tu peux toujours courir, y ment pas. On les a entendu parler.

Ils remarquèrent deux silhouettes à cheval non loin d'eux. L'un était le colonel du régiment, l'autre, l'officier qui avait reçu les ordres du général commandant la division. Ils discutaient avec force gesticulations. Le jeune soldat les montra du doigt et interpréta le sens de la scène.

Un de leurs camarades souleva une ultime objection.

— Comment ça se trouve, que vous les avez entendu parler ?

Mais les autres, dans leur majorité, hochèrent la tête, reconnaissant que depuis le début, les deux amis avaient dit la vérité.

Ils adoptèrent à nouveau la position du repos avec l'air d'avoir accepté les faits. Et ils méditèrent dessus, avec pléthore d'expressions variées. C'était un sujet qui les accaparait totalement. Beaucoup remontèrent leur pantalon et resserrèrent prudemment leur ceinture.

Un moment plus tard, les officiers commencèrent à s'affairer au milieu des hommes, les harcelant afin qu'ils présentent une masse plus compacte et qu'ils soient mieux alignés. Ils pourchassèrent ceux qui se tenaient à l'écart et vitupérèrent contre plusieurs dont l'attitude semblait indiquer qu'ils avaient décidé de camper sur place. On eût dit des bergers mécontents aux prises avec leurs moutons.

Très vite, le régiment sembla se remettre en ordre de marche et prendre une profonde respiration. Aucun des visages ne reflétait d'intenses réflexions. Ils se tenaient le corps penché et les genoux ployés comme des sprinteurs avant le signal du départ. Dans les visages sales, de nombreuses paires d'yeux brillants inspectaient les rideaux d'arbres les plus denses. Ils semblaient se livrer à des calculs savants liés au temps et à l'espace.

Ils étaient environnés par le fracas de l'affrontement monstrueux qui opposait les deux armées. L'univers se passionnait pour d'autres sujets. Apparemment, le régiment était seul concerné par son petit problème.

Le jeune soldat se tourna pour jeter un rapide coup d'œil inquisiteur à son ami qui lui retourna le même genre de regard. Ils étaient les deux seuls à avoir connaissance d'éléments supplémentaires. "Muletiers... un carnage... je crois pas qu'y en a beaucoup qu'en reviendront." C'était un secret ironique. Pourtant, ils ne décelèrent aucune hésitation dans leurs visages respectifs et hochèrent la tête en signe d'assentiment silencieux quand un soldat hirsute, près d'eux, déclara d'une voix soumise :

— On va se faire bouffer cru.

Chapitre 19

Le jeune soldat scrutait le terrain devant lui. Ses frondaisons semblaient désormais masquer puissances obscures et atrocités sans nom. Il n'avait pas conscience des rouages du commandement qui avaient déclenché la charge, même si du coin de l'œil il voyait un officier à califourchon qui avait l'air d'un adolescent arriver au galop en agitant son chapeau. Soudain, il sentit une tension et un tressaillement chez ses compagnons. La ligne se pencha légèrement vers l'avant, comme un mur sur le point de s'écrouler, et, avec un hoquet convulsif qui aurait dû être un vivat, le régiment entama son périple. Le jeune soldat fut temporairement poussé et bousculé avant de comprendre d'où venait le mouvement, puis il se porta aussitôt en tête et se mit à courir.

Il fixa son regard sur un bouquet d'arbres très visible, au loin, où il avait conclu qu'ils devaient affronter l'ennemi, et courut dans sa direction comme si c'était un but. Depuis le début, il croyait qu'il s'agissait simplement de s'acquitter d'une tâche désagréable au plus vite, et il fonçait éperdument comme s'il était poursuivi pour meurtre. Il avait les traits tirés et crispés en raison de la tension qui accompagnait sa tentative. Ses yeux, braqués devant lui, prenaient un éclat rougeâtre. Et avec sa tenue souillée et négligée, ses traits rouges et enflammés surmontés du chiffon loqueteux et taché de sang, son fusil qui bringuebalait follement et son équipement qui s'entrechoquait, il avait tout du soldat qui a perdu l'esprit.

Quand le régiment émergea de sa position pour se présenter sur un espace dégagé, les bois et les fourrés situés devant lui sortirent de leur torpeur. De tous côtés, des flammes jaunes bondirent sur eux. La forêt leur opposa une objection gigantesque.

Un temps, la ligne de front progressa par à-coups quoique uniformément. Puis l'aile droite s'imposa, fut ensuite devancée par la gauche. En trombe, le centre reprit alors la tête jusqu'à ce que le régiment se présente comme une masse triangulaire, mais un instant plus tard l'opposition qui venait des buissons, des arbres et du relief inégal, rompit cet ordonnancement et fragmenta le régiment en groupes séparés.

Le jeune soldat, qui était véloce, avait pris de l'avance sans en avoir conscience. Ses yeux restaient rivés sur le bouquet d'arbres. De tous les lieux environnants montaient les hurlements claniques de l'ennemi. De petites flammes y jaillissaient à l'extrémité des fusils. Le chant des balles emplissait l'air et les obus grondaient férocement à la cime des arbres. L'un d'eux tomba au beau milieu d'un groupe qui chargeait et explosa dans une gerbe de fureur écarlate. Il y eut l'image fugitive d'un homme presque soulevé dans les airs qui levait les mains pour se protéger les yeux.

D'autres combattants, fauchés par des balles, tombaient en de grotesque pantomimes. Le régiment laissait dans son sillage une logique traînée de corps.

Ils étaient désormais dans une zone plus dégagée. Il y avait comme un effet de révélation dans la nouvelle physionomie du paysage. Plusieurs hommes qui s'activaient avec frénésie autour d'une batterie de canons leur apparaissaient à découvert, et les lignes de fantassins ennemis se manifestaient derrière et à travers les franges et les murailles de fumée grise.

Le jeune soldat avait le sentiment de tout bien distinguer. Chaque brin d'herbe verte était hardi et bien défini. Il lui semblait avoir conscience du moindre changement dans la mince et transparente vapeur qui flottait paisiblement en nappes. Les troncs des arbres, marron ou gris, révélaient la plus petite rugosité de leur surface. Et les hommes du régiment, aux yeux toujours en mouvement et aux visages ruisselants de transpiration, courant comme des déments ou tombant comme jetés de tout leur long, cadavres étrangement entassés... rien ne lui échappait. Son esprit effectuait un enregistrement mécanique mais rigoureux, de sorte que, par la suite, tout lui fût représenté et expliqué, hormis la raison de sa propre présence.

Mais cette course folle entraînait une frénésie. Les hommes, en se précipitant comme des déments, s'étaient mis à pousser des cris d'encouragement, telle une horde barbare, mais sur des tonalités singulières, propres à galvaniser le faible d'esprit et le stoïque. Il en résultait un enthousiasme insensé, incapable de se brider, semblait-il, face au cuivre des balles et au granite des murailles. C'était l'excitation effrénée qui, fonçant à la rencontre du désespoir et de la mort, demeure insensible et aveugle aux probabilités. Une absence d'égoïsme temporaire mais sublime. Et le fait que cet élan fût de cette nature expliquait peut-être pourquoi, après coup, le jeune soldat se demanda quelles raisons il avait pu avoir de se trouver là.

Très vite, le rythme épuisant consuma l'énergie des fantassins. Comme d'un commun accord, ceux qui menaient la charge commencèrent à ralentir. Les volées de projectiles tirés contre eux avaient eu un résultat similaire à celui d'un vent contraire. Le régiment hoquetait et soufflait. Entouré de quelques arbres massifs, il se prit à hésiter et à chanceler. Les soldats, le regard braqué droit devant eux, se mirent à attendre qu'une partie du mur de fumée s'écarte pour leur dévoiler le décor. Le plus gros de leurs forces et de leur souffle leur faisant désormais défaut, ils revinrent à la prudence. Ils étaient redevenus des hommes.

Le jeune soldat s'imaginait confusément avoir couru des kilomètres et se dit que, d'une certaine façon, il était maintenant dans une contrée nouvelle et inconnue.

Dès que le régiment cessa sa progression, le crépitement de la fusillade protestataire se mua en un rugissement plus régulier. De longues franges de fumée bien dessinées, longues et précises, se déployèrent. Du sommet d'une petite colline surgirent des projections régulières de flammes jaunes horizontales qui causaient un sifflement inhumain dans les airs.

Réduits à l'immobilité, les hommes eurent le temps de voir plusieurs de leurs camarades tomber avec des hurlements et des gémissements. Quelques-uns furent foulés aux pieds, sans protester ou avec force plaintes. Alors, pendant un temps, les soldats restèrent sur leurs positions, le fusil pendant à bout de bras, à regarder le régiment diminuer en nombre. Ils avaient l'air hébété et stupide. Ce spectacle semblait les paralyser, les écraser en exerçant une fascination fatale. Ils observaient fixement ces tableaux puis, après avoir baissé les yeux, se dévisageaient entre eux. C'était une halte singulière, un singulier silence.

Alors, au-dessus du tumulte ambiant, s'éleva la voix rugissante du lieutenant. Il s'avança soudain à grands pas, ses traits infantiles exprimant une rage noire.

— À l'assaut, bande d'idiots! beugla-t-il. À l'assaut! Vous pouvez pas rester là. Vous devez aller de l'avant.

Il en dit bien plus, dont la plus grande partie demeura incompréhensible.

Il se rua sur l'ennemi, le visage tourné vers ses hommes.

— À l'assaut, criait-il.

Les fantassins l'observaient avec des yeux vides de paysans obtus. Il fut contraint de s'arrêter et de revenir sur ses pas. Il se dressa alors, dos tourné à l'ennemi, et leur cracha des insultes monstrueuses à la figure. Son corps vibrait du poids et de la violence de ses imprécations. Et il était capable d'enfiler les jurons avec la même facilité qu'une jeune fille enfile des perles.

L'ami du jeune soldat échappa à sa léthargie. S'avançant brusquement, il se laissa tomber sur les genoux et tira un projectile furieux contre les bois obstinés. Ce geste arracha les hommes à leur torpeur. Ils cessèrent de se serrer les uns contre les autres comme des moutons. Semblèrent tout à coup s'aviser qu'ils avaient des armes, et s'activèrent aussitôt à faire feu. Harcelés par leurs officiers, ils repartirent de l'avant. Le régiment, immobilisé comme un char enfoncé dans la boue et la gadoue, se mit en branle au prix de maints soubresauts et de multiples cahots. Les hommes s'arrêtaient tous les cinq ou six pas pour tirer, recharger, et ils progressaient ainsi lentement de bouquet d'arbres en bouquet d'arbres.

Devant eux, leurs opposants furieux se multipliaient au fil de leur avancée jusqu'à ce qu'il leur semble que toutes les percées possibles étaient barrées par les jaillissements des fines langues de feu tandis que, sur la droite, une démonstration de force menaçante et diffuse était occasionnellement perceptible. La fumée toute fraîche s'amassait en nuages vaporeux qui, pour le régiment, rendaient toute progression sensée difficile. Tout en s'enfonçant dans chacune de ces masses tourbillonnantes, le jeune soldat se demandait ce qui l'attendait de l'autre côté.

L'unité avança péniblement jusqu'à ce qu'un espace dégagé s'interpose entre elle et les lignes de flammes voilées de fumée. Là, accroupis et tapis derrière des arbres, les soldats s'arc-boutèrent avec désespoir, comme menacés par une vague. Les yeux leur sortaient de la tête et ils paraissaient saisis par le fracas furieux qu'ils avaient déchaîné. Dans cette tempête se lisait l'expression ironique de leur importance. Leur visage, aussi, était dépourvu de tout sentiment de responsabilité quant à leur présence en ces lieux. On eût dit qu'ils y avaient été conduits par une force supérieure. C'était la manifestation de l'incapacité prépondérante chez les animaux à se souvenir, dans les moments extrêmes, des causes impérieuses de toutes sortes d'actes superficiels. À beaucoup d'entre eux, toute l'affaire paraissait incompréhensible.

Tandis qu'ils faisaient ainsi halte, le lieutenant recommença à hurler des jurons sacrilèges. Sans prêter attention aux menaces vindicatives des balles, il se perdait en encouragements, en admonestations et en invectives. Ses lèvres, qui présentaient d'ordinaire une douce courbure enfantine, étaient convulsées de grimaces impies. Il jura sur toutes les déités possibles.

À un moment, il attrapa le jeune soldat par le bras.

— En avant, espèce de crétin! rugit-il. En avant! On va tous se faire tuer si on reste là. On n'a plus qu'à traverser cet espace. Et après…

Le reste de ce qu'il voulait dire s'évanouit dans les volutes bleues des jurons.

Le jeune soldat tendit le bras droit devant lui.

— Traverser ça?

Sa bouche dessinait une moue exprimant doute et effroi.

— Absolument, hurla le lieutenant. Rien que ce petit bout de terrain! On peut pas rester là.

Il approcha son visage de celui du jeune soldat à le toucher et agita sa main bandée.

— En avant!

Tout à coup il le saisit à bras-le-corps comme pour le provoquer à la lutte. On eût dit qu'il avait l'intention de le traîner par l'oreille pour qu'il se lance à l'assaut.

Le simple soldat fut pris d'une indignation indicible et agressive à l'égard de son supérieur. Il se dégagea violemment et le repoussa.

— En avant vous-même, alors, hurla-t-il.

Il y avait une note d'âpre défi dans sa voix.

Ils partirent de concert à la course sur le front du régiment. L'ami se rua pour les suivre. Devant les couleurs, tous trois se prirent à brailler: "En avant! En avant!" Ils dansaient et tournoyaient sur eux-mêmes tels des sauvages ayant perdu tout sens commun.

Le drapeau, sensible à ces appels, inclina son tissu chatoyant et flotta dans leur direction. Un court instant, les hommes restèrent indécis puis, dans un long cri gémissant, le régiment décimé fonça et entama sa deuxième offensive.

À travers le champ se rua la masse empressée. C'était une poignée d'hommes jetés à la face de l'ennemi. Instantanément, les langues jaunes bondirent sur eux. D'immenses nuées de fumée bleue leur barraient le passage. La puissance des détonations rendait les oreilles inopérantes.

Le jeune soldat fonçait comme un dément afin d'atteindre les bois avant qu'une balle ne le rattrape. Il courait la tête dans les épaules, semblable à un joueur de football américain. Dans sa précipitation, ses yeux se fermaient presque et le décor se brouillait. De la salive palpitait à la commissure de ses lèvres.

Tandis qu'il se jetait en avant, naquit une tendresse désespérée pour ce drapeau qui était près de lui. C'était une création faite de beauté et d'invulnérabilité. C'était une déesse, rayonnante, qui agitait sa silhouette en un geste impérieux à lui seul adressé. C'était une femme, rouge et blanche, haineuse et aimante, qui l'appelait avec la voix de ses espérances de jeune homme. Puisque nul danger ne pouvait l'atteindre, il attribuait des pouvoirs à l'emblème. Il demeura à proximité, comme s'il pouvait sauver des vies, et un cri implorant s'éleva de son esprit.

Dans la mêlée furieuse, il comprit que le sergent de couleur se tassait soudain, comme assommé par une matraque : il vacilla et s'immobilisa, à l'exception de ses genoux qui tremblaient.

D'un bond, le jeune soldat agrippa la hampe. Au même moment, venant de l'autre côté, son ami la saisit. Ils la secouèrent, résistante et rebelle, mais le sergent était mort et le cadavre refusait de lâcher ce qui lui avait été confié. Quelques instants durant se joua un affrontement macabre. Le mort, qui oscillait, l'échine courbée, semblait tirer avec obstination, d'une manière épouvantable et risible, pour conserver la possession du drapeau.

C'en fut rapidement terminé. Ils arrachèrent avec furie l'oriflamme au mort et, lorsqu'ils se retournèrent, le corps s'affala, la tête en avant. Un bras restait tendu, haut dans les airs, puis la main crispée retomba, dans un geste pesant de protestation, sur l'épaule insensible de l'ami du jeune soldat.

Chapitre 20

Quand les deux jeunes soldats pivotèrent avec le drapeau, ils virent que l'essentiel du régiment s'était effrité, et que ceux qui restaient, découragés, repartaient lentement. Après s'être jetés en avant tels des projectiles, les hommes avaient pour l'heure épuisé leurs forces. Ils se repliaient sans hâte, le visage toujours tourné vers les bois crépitants, et leurs fusils brûlants persistaient à riposter au vacarme. Plusieurs officiers donnaient des ordres dans la tonalité des hurlements.

— Où vous croyez aller, bon sang ? demandait le lieutenant dans un braillement sarcastique.

Et un officier qui portait une barbe rousse et dont la voix de basse-contre sonnait clairement, ordonnait :

— Tirez dans le tas ! Tirez dans le tas et qu'ils aillent au diable !

Il y avait une mêlée de cris stridents au milieu de laquelle les soldats recevaient les ordres de réaliser des choses impossibles et contradictoires.

Le jeune soldat et son ami eurent une brève échauffourée au sujet du drapeau. "Donne-le-moi !" "Non, laisse-moi le garder !" Chacun se satisfaisait parfaitement que l'autre l'ait en sa possession, mais tous deux se sentaient tenus de déclarer, par sa proposition de porter l'emblème, sa volonté de s'exposer davantage. Le jeune soldat repoussa son camarade sans ménagement.

Le régiment taillé en pièces pénétra à nouveau sous les arbres indifférents. Là, il fit halte un moment pour tirer sur des silhouettes sombres qui avaient commencé à s'aventurer à pas feutrés sur leurs traces. Très vite, il reprit sa marche, s'insinuant entre les troncs. Le temps qu'il ait atteint le premier espace à découvert, ses membres essuyèrent un feu soutenu et impitoyable. Ils semblaient environnés de tous côtés par des bandes armées.

Dans leur majorité découragés, l'élan rompu par le tumulte, ils se comportaient comme s'ils étaient assommés. La tête courbée avec lassitude, ils acceptaient la grêle de balles. Cela n'avait aucun sens d'essayer de renverser des murs. Cela ne servait à rien de combattre du granite. Et de la prise de conscience qu'ils avaient tenté de conquérir ce qui ne pouvait l'être, semblait naître un sentiment de trahison. Le front baissé, dans une posture de colère, ils jetaient des regards noirs à certains de leurs officiers, plus particulièrement à celui qui avait la barbe rousse et la voix de basse-contre.

Néanmoins, l'arrière du régiment était frangé d'hommes qui s'acharnaient à tirer avec irritation sur l'ennemi qui progressait. Ils semblaient résolus à lui rendre la tâche la plus compliquée possible. Le lieutenant au physique d'adolescent était peut-être le dernier de cette masse désordonnée. Il n'avait pas conscience que son dos était exposé à l'ennemi. Il avait reçu une balle dans le bras. Le membre pendait, raide et rigide. Il lui arrivait de ne plus s'en souvenir et de se préparer à souligner un juron d'un geste emphatique. La douleur démultipliée le faisait jurer avec une force incroyable.

Le jeune soldat accompagnait le mouvement avec des pieds glissants, incertains. Il continuait de surveiller ce qui se passait derrière lui. Une grimace de mortification et de rage était inscrite sur son visage. Il avait rêvé d'une belle revanche contre l'officier qui s'était référé à lui et à ses camarades comme à des muletiers. Mais il voyait bien qu'il n'en irait pas ainsi. Ses rêves s'étaient effondrés quand les muletiers, de moins en moins nombreux, avaient hésité et flanché dans la petite clairière avant de reculer. Et maintenant, la retraite des muletiers était, pour lui, la marche de la honte.

Un regard pointu comme une dague, venu de son visage noirci, restait rivé sur l'ennemi, mais sa haine la plus intense s'exerçait contre l'homme qui, sans le connaître, l'avait traité de muletier.

Lorsqu'il sut que lui et ses camarades avaient échoué à mener à bien une action qui aurait pu infliger à l'officier la morsure âpre d'un sentiment proche du remords, il se laissa envahir par la rage de la frustration. Cet officier imperturbable sur son socle, qui laissait tomber avec indifférence des épithètes sur les hommes du rang, serait bien plus à sa place s'il était mort. Cela, le jeune soldat le pensait avec une telle détresse que, même dans les profondeurs secrètes de son âme, jamais il ne pourrait lui répondre par une franche raillerie.

Il s'était imaginé une singulière revanche en lettres de sang : "Alors comme ça, on est des muletiers ?" Et voilà qu'il était contraint d'y renoncer.

Il ne tarda pas à draper son cœur dans la cape de sa dignité, tenant l'emblème fièrement dressé. Il harangua ses compagnons, appuyant sa main libre sur leur poitrine. À ceux qu'il connaissait bien, il adressa des supplices désespérées, les implorant en les apostrophant par leur nom. Entre lui et le lieutenant qui perdait presque la tête dans la rage de ses réprimandes, transitait un sentiment de fraternité et d'égalité subtil. Ils se soutenaient mutuellement en déclinant toute la gamme des revendications rauques et rugissantes.

Mais le régiment était une machine éreintée. Les deux hommes s'adressaient à une entité sans force. Les soldats qui avaient à cœur de marcher sans précipitation se trouvaient constamment déstabilisés dans leur résolution car ils n'ignoraient pas que des camarades regagnaient furtivement les lignes arrière en toute hâte. Il était difficile de penser à sa réputation quand d'autres pensaient à leur peau. Des blessés qui poussaient des lamentations étaient abandonnés dans cette noire retraite.

Les flammes et les franges de fumée n'en finissaient pas de tempêter. À un moment, plongeant le regard à travers une fente apparue dans un nuage, il vit une concentration de troupes marron, mêlées et magnifiées au point de sembler se compter par milliers. Un étendard aux teintes féroces flotta dans son champ de vision.

Aussitôt, comme si l'élévation de la fumée eût fait l'objet d'une opération concertée, les troupes ainsi révélées poussèrent une clameur âpre et cent flammes jaillirent vers le groupe qui battait en retraite. Un nuage gris enveloppant se forma, s'interposant à nouveau, et le régiment riposta avec ténacité. Le jeune soldat dut s'en remettre une fois de plus à ses oreilles malmenées, qui vibraient et vrombissaient à cause de la mêlée de détonations et de hurlements.

Le chemin à parcourir semblait devoir être éternel. Dans les nuées brumeuses, des hommes étaient pris de panique à la pensée que le régiment s'était égaré et marchait dans une direction périlleuse. En un point, ceux qui formaient la tête de cette procession farouche firent demi-tour et vinrent buter sur leurs camarades, hurlant qu'on leur tirait dessus depuis des positions dont ils avaient cru qu'elles étaient tenues par les leurs. À ces cris, une peur et un désarroi hystériques s'abattirent sur les rescapés. Un soldat qui, jusqu'alors, avait eu pour ambition de faire du régiment un petit groupe réfléchi qui s'orienterait avec calme au milieu de difficultés apparemment colossales, s'effondra brusquement pour cacher son visage dans ses bras en donnant l'impression de se prosterner devant la fatalité. De la gorge d'un autre monta une lamentation stridente pleine d'allusions sacrilèges à un général. Des hommes couraient d'un côté et de l'autre, cherchant des yeux des itinéraires de fuite. Avec une régularité sereine, comme si les tirs étaient programmés, des balles s'enfonçaient dans les corps.

Le jeune soldat s'avança imperturbablement au milieu de cette débandade et, le drapeau entre les mains, se campa résolument comme s'il s'attendait à ce qu'on tente de le jeter à terre. Il adopta inconsciemment l'attitude de celui qui, au cours du combat de la veille, portait les couleurs. Il se passa sur le front une main agitée d'un tremblement. Sa respiration était malaisée. Il étouffait durant cette brève attente précédant la crise.

Son ami vint le trouver :

— Eh ben, Henry, on dirait bien que le moment est venu de se dire adieu[*].

— Oh, la ferme, espèce d'imbécile ! répondit le jeune en refusant de le regarder.

Les officiers se démenaient comme des hommes politiques afin de disposer leurs hommes en un cercle adapté pour faire face aux menaces. Le sol était irrégulier, la terre éventrée. Les combattants se pelotonnèrent dans des trous et se tapirent le plus confortablement possible derrière tout ce qui pouvait faire obstacle à une balle.

Le jeune soldat remarqua avec une vague surprise que le lieutenant se tenait silencieux, les jambes très écartées,

---

[*] Allusion à une expression familière employée par les soldats pour signifier que leur promise s'était trouvé un autre soupirant.

et s'appuyait sur son sabre en lieu de canne. Comme il ne jurait plus, il se demanda ce qu'il était advenu de ses organes vocaux.

Il y avait quelque chose d'étrange dans cette petite pause intentionnelle chez le lieutenant. On eût dit un tout petit enfant qui, ayant pleuré tout son saoul, lève les yeux pour les fixer sur un jouet lointain. Cette contemplation l'absorbait et sa lèvre inférieure, dans sa douceur, s'agitait en même temps que les mots qu'il se murmurait à lui-même.

Une fumée paresseuse et indifférente serpentait lentement. Les hommes, qui se protégeaient des balles, attendaient avec anxiété qu'elle se lève et révèle la situation critique du régiment.

Les rangs silencieux furent soudain aiguillonnés par la voix du lieutenant à l'apparence infantile lorsqu'il brailla :

— Les voilà! Droit sur nous, nom de nom!

Ses mots suivants se perdirent dans le grondement de tonnerre malfaisant qui sortait de la bouche des fusils.

Les yeux du jeune soldat s'étaient momentanément tournés vers la direction qu'au sortir de sa transe le lieutenant agité venait d'indiquer, et il avait vu la brume traîtresse dévoiler un groupe de soldats de l'armée ennemie. Ils étaient si proches qu'il distinguait leurs traits. Il eut la sensation de les reconnaître en observant leur type de visage. S'aperçut aussi, avec une légère stupeur, que leurs uniformes avaient un aspect plutôt gai, avec leur gris clair agrémenté de couleurs vives sur les revers[*]. D'autre part, ces uniformes semblaient neufs.

Ces troupes avaient apparemment progressé avec prudence, les fusils prêts à faire feu, quand le jeune lieutenant les avait découverts, et leur avancée avait été interrompue

---

[*] Rouge, jaune, ou noir suivant les armes.

par la volée de projectiles tirés par le régiment bleu. Cette brève impression visuelle permit de déterminer qu'ils ignoraient la proximité de leurs ennemis aux uniformes foncés, ou qu'ils s'étaient trompés de direction. Presque immédiatement, ils furent totalement soustraits à la vue du jeune soldat en raison de la fumée crachée par les fusils déchaînés de ses compagnons. Il s'efforça de distinguer ce que la volée de balles avait accompli, mais la fumée tendait son rideau devant lui.

Les deux corps de troupes échangèrent des coups à la manière de pugilistes. Les tirs rapides et furieux fusaient de part et d'autre. Les hommes en uniformes bleus luttaient sauvagement compte tenu de leur situation désespérée et saisissaient l'occasion qui leur était offerte de prendre leur revanche à distance rapprochée. Le tonnerre de leurs déflagrations enflait vaillamment. Leur ligne de front incurvée se hérissait d'éclairs et les lieux résonnaient du fracas métallique des tiges de chargement. Le jeune soldat qui se baissait et se protégeait derrière les obstacles réussit plusieurs fois à apercevoir ses ennemis, quoique de manière insatisfaisante. Ils semblaient très nombreux et répliquaient avec vivacité. Donnaient l'impression d'avancer sur le régiment bleu, pas après pas. Il s'assit sur le sol d'un air morne, son drapeau entre les jambes.

En même temps qu'il remarquait l'attitude de loups belliqueux de ses camarades, il eut une pensée apaisante : si l'ennemi s'apprêtait à avaler le balai que composait son régiment, il aurait du moins la consolation de le voir engloutir la brosse en premier.

Mais les coups portés par leurs antagonistes commencèrent à faiblir. Moins de projectiles fendaient l'air et, finalement, quand les hommes ralentirent le rythme pour estimer comment évoluait le combat, ils ne virent qu'une fumée sombre flottant dans l'air. Le régiment adopta le silence et ouvrit grand ses yeux. Bientôt survint un caprice du hasard pour s'attaquer à ce voile importun, et il commença à s'évacuer en lourdes volutes. Les soldats découvrirent un champ de bataille déserté de ses combattants. La scène eût été vide sans les quelques cadavres qui gisaient sur l'herbe, jetés là dans des postures prodigieusement torturées.

À la vue de ce tableau, de nombreux soldats en uniforme bleu jaillirent d'un bond de leur cachette et se livrèrent à une danse de joie maladroite. Leurs yeux flamboyaient et un grand cri rauque d'allégresse s'échappa de leurs lèvres sèches.

Ils avaient commencé à se dire que tous ces épisodes n'étaient ourdis que pour démontrer leur impuissance. Ces petites batailles avaient évidemment eu pour but d'établir qu'ils ne savaient pas bien combattre. Alors qu'ils étaient à deux doigts de capituler face à ces spéculations, ce petit duel leur avait prouvé que le déséquilibre des forces en présence n'était pas irrémédiable et, grâce à lui, ils s'étaient vengés de leurs doutes en même temps que de l'ennemi.

De nouveau, l'élan de l'enthousiasme leur appartenait. Ils posaient alentour des regards de fierté renforcée, et éprouvaient une confiance renouvelée dans les armes redoutables, toujours sûres, qu'ils tenaient entre leurs mains. Ils étaient des hommes.

Chapitre 21

Ils savaient, pour l'heure, qu'aucun coup de feu ne les menaçait. Toutes les options leur étaient à nouveau ouvertes. Les lignes bleues amies, couvertes de poussière, étaient redevenues visibles à proximité. Au loin retentissaient bien des bruits prodigieux, mais dans toute cette partie du champ de bataille régnait un silence soudain.

Ils comprirent qu'ils étaient libres. Soulagé, le groupe décimé prit une longue inspiration et se regroupa pour achever son voyage.

Dans cette dernière partie du périple, ils commencèrent à manifester des émotions étranges. Ils se hâtaient avec une peur nerveuse. Certains, qui étaient demeurés solennels et assurés dans les moments les plus terribles, ne pouvaient désormais plus dissimuler une angoisse qui les rendait fébriles. Peut-être était-ce parce qu'ils craignaient d'être tués de manière anecdotique alors que les occasions de connaître une mort militairement acceptable étaient révolues. Ou peut-être pensaient-ils qu'il serait par trop ironique d'être tués au seuil de la sécurité. Jetant derrière eux des regards perturbés, ils se hâtaient.

Lorsqu'ils approchèrent de leurs propres lignes, ils durent affronter des sarcasmes provenant d'un régiment émacié et tanné par le soleil qui se reposait à l'ombre d'un bouquet d'arbres. Des questions volèrent dans leur direction.

— Où vous vous cachiez, bon sang ?
— Pourquoi vous revenez ?

— Pourquoi vous êtes pas restés là-bas ?
— Y faisait bon, là-bas, mon p'tit gars ?
— Vous rentrez au bercail, les jeunes ?
L'un d'eux lança, dans une exclamation railleuse :
— Viens vite, M'man, v'là les troupiers qui passent !

Nulle réponse ne monta du régiment meurtri et harassé, à l'exception de celle d'un homme qui les mit au défi, à haute voix, de venir se battre à mains nues, et l'officier à la barbe rousse s'approcha très près pour adresser à un capitaine de grande taille appartenant à l'autre régiment un regard furieux, style matamore intrépide. Mais le lieutenant maîtrisa l'homme qui voulait en découdre avec ses poings, et le grand capitaine, rougissant devant la petite fanfaronnade du barbu, en fut réduit à s'absorber dans la contemplation des arbres.

La chair tendre du jeune soldat était profondément piquée au vif par ces remarques. Sous ses sourcils froncés, il dirigeait un regard de haine sur les persifleurs. Il médita différentes vengeances. Mais ils étaient nombreux, dans le régiment, à marcher la tête basse comme des criminels, et il advint que les hommes se mirent à cheminer d'un pas brusquement alourdi comme s'ils portaient sur leurs épaules courbées le cercueil de leur honneur. Et le jeune lieutenant, reprenant ses esprits, entreprit de grommeler tout bas des jurons blasphématoires.

Quand ils atteignirent leur ancienne position, ils se retournèrent afin de parcourir du regard le champ de bataille sur lequel ils avaient chargé.

Le jeune soldat, dans sa contemplation, fut frappé d'une immense stupéfaction. Il découvrit que les distances, par comparaison avec les brillantes mesures effectuées dans sa tête, étaient anodines et ridicules. Les arbres indifférents, là où tant de choses s'étaient produites, paraissaient incroyablement proches. Le temps aussi, maintenant qu'il y réfléchissait, avait été court. Il s'étonna du nombre d'émotions et d'événements qui s'étaient accumulés en des espaces aussi ténus. Des réflexions démoniaques avaient dû exagérer et amplifier tout, conclut-il.

Il lui parut à ce moment-là qu'il y avait une amère justice dans les commentaires des combattants aguerris et tannés par le soleil. Il décocha un regard de dédain voilé à ses compagnons qui s'étaient éparpillés sur le sol, étouffant à cause de la poussière, rouges de sueur, les yeux brumeux, les cheveux embroussaillés.

Ils buvaient l'eau de leur gourde à grandes goulées, acharnés à en extraire la dernière goutte, et essuyaient leurs traits enflés et dégoulinants avec des touffes d'herbe et les manches de leur vareuse.

Cependant, il y avait pour le jeune soldat une joie considérable à méditer sur ce qu'il avait accompli pendant la charge. Il n'avait eu jusque-là que trop peu de temps à consacrer à ses actes, de telle sorte qu'il tirait maintenant une grande satisfaction à se remémorer paisiblement ses accomplissements. Il se rappelait des taches de couleurs qui, dans l'agitation frénétique, s'étaient imprimées sans qu'il en eût conscience sur ses sens obnubilés par le combat.

Tandis que le régiment allongé tentait de reprendre sa respiration en se remettant de ses terribles fatigues, l'officier qui les avait traités de muletiers arriva devant leur position sur son cheval lancé au galop. Il avait perdu sa casquette. Ses cheveux ébouriffés se répandaient en un profond désordre et son visage était convulsé d'irritation et de colère. Son humeur s'affichait clairement dans la façon dont il menait sa monture. Il tira sur les rênes en les tordant brutalement, immobilisant près du colonel du régiment, dans un geste de fureur, le cheval à la respiration haletante. Il se répandit aussitôt en reproches auxquels les oreilles des hommes ne s'attendaient pas. Aussitôt, ils furent aux aguets, toujours avides des paroles agressives qu'échangaient les officiers.

— Oh, bon sang, MacChesnay, on peut dire que vous avez tout foiré, dans cette bataille !

Il tenta de baisser le ton, mais son indignation permit à certains soldats de comprendre le sens de ses mots.

— On peut dire que vous avez fait une sacrée bourde ! Nom de nom, vous avez tout arrêté à cent pieds d'un brillant succès ! Si vos hommes avaient continué d'avancer de cent pieds, vous auriez accompli une superbe charge, mais là… Enfin, joli ramassis de pelleteurs de boue, que vous avez sous vos ordres !

Les hommes qui, l'oreille tendue, retenaient leur souffle, tournèrent alors des yeux curieux vers le colonel. Ils portaient un intérêt de va-nu-pieds à cette prise de bec.

Ils virent le colonel redresser l'échine et avancer la main d'un geste d'orateur. Il affichait une mine outragée ; il était comme un diacre qu'on eût accusé de vol. Les hommes se tortillaient au comble de l'excitation.

Mais tout à coup, de diacre, le colonel se métamorphosa en Français[*]. Il haussa les épaules.

— Vous savez, général, nous sommes allés aussi loin que nous le pouvions, répondit-il calmement.

— Aussi loin que vous le pouviez ? Non, sans blague ? rétorqua l'autre d'un ton sarcastique avant d'ajouter, avec un regard de mépris glacial braqué droit sur son interlocuteur : Eh, bien, ça n'a pas été très loin, hein ? Pas très loin, bon sang, à mon avis. Vous aviez pour ordre d'opérer une diversion qui devait profiter à Whiterside. Dans quelle

---

[*] Le cliché du Français indifférent et nonchalant.

mesure vous avez réussi, vos propres oreilles peuvent maintenant vous l'apprendre.

Il fit exécuter un demi-tour à son cheval et s'éloigna très droit sur sa selle.

Le colonel, prié de prêter attention aux bruits discordants d'un engagement qui venait des bois, sur sa gauche, éructa un chapelet de jurons indistincts.

Le lieutenant, ayant écouté l'entretien avec une expression de rage impuissante, parla soudain d'un ton ferme et impavide.

— J'me moque de ce qu'un homme peut être, qu'il soit général ou n'importe quoi d'autre, s'il prétend que les gars ont pas livré là-bas un combat magnifique, c'est qu'un fieffé crétin.

— Lieutenant, déclara le colonel d'une voix sévère, c'est moi que ça regarde et je vous saurai gré…

Le lieutenant eut un geste d'obéissance.

— J'ai bien compris, mon colonel, j'ai bien compris.

Il s'assit d'un air content de lui.

La nouvelle que des reproches avaient été adressés au régiment courut dans les rangs. Pendant un bon moment, les hommes en restèrent abasourdis.

— Tonnerre de… ! se récrièrent-ils en tournant leurs regards vers la silhouette du général qui disparaissait à leur vue.

Ils considéraient cela comme une monstrueuse erreur.

Peu après, cependant, ils commencèrent à croire que leur engagement, en vérité, avait été jugé insuffisant. Le jeune soldat vit cette conviction peser sur le régiment tout entier jusqu'à ce que ses soldats se retrouvent tels des animaux malmenés et insultés, indociles qui plus est.

Son ami, dont les yeux exprimaient un sentiment d'injustice, s'approcha du jeune soldat.

— Je m'demande ce qu'y veut vraiment. Y doit s'imaginer qu'on y est allés pour jouer aux billes, là-bas! J'ai jamais vu un type pareil!

Le jeune soldat avait appris à faire preuve d'une philosophie placide en de semblables moments d'irritation.

— Oh, tu sais, répondit-il, il a probablement rien vu de tout ce qui s'est passé, il s'est fichu dans une rogne noire et il a conclu qu'on est qu'un troupeau de moutons, juste parce qu'on a pas fait ce qu'y voulait qu'on fasse. C'est rudement dommage que Grand-père Henderson, il ait été tué hier... il l'aurait su, lui, qu'on a fait notre possible et qu'on s'est bien battus. C'est juste la faute à pas de chance qui nous poursuit, et voilà.

— C'est c'que j'dirais, répondit son ami qui semblait profondément blessé. J'dirais qu'on a vraiment eu un satané manque de chance! C'est pas marrant de se battre pour des gens quand tout ce que tu fais, que ça soit bien ou pas, ça va jamais. J'ai comme l'envie de camper à l'arrière la prochaine fois, de les laisser lancer leur fichue charge et aller au diable avec.

Le jeune soldat adressa à son camarade des paroles apaisantes.

— Écoute, tous les deux, on s'est bien battus. J'aimerais bien le voir, l'imbécile qui nous dira qu'on s'est pas battus du mieux qu'on a pu, tous les deux!

— C'est sûr, qu'on l'a fait, déclara l'ami d'un ton catégorique. Et ce type-là, j'y briserais le cou même qu'y serait aussi massif qu'une église. Mais de toute façon, on a rien à craindre parce que j'ai entendu un gars dire que nous deux, on est les soldats qui se sont le mieux comportés dans le régiment, même qu'y se sont bien disputés là-dessus. Y en a un autre, évidemment, l'a fallu qu'il l'ouvre pour dire que c'était un mensonge... qu'il a assisté à tout ce qui s'est passé et qu'y nous a pas vus une seconde, du début à la fin. Et y en a beaucoup d'autres, y s'en sont mêlés et y z'ont dit que c'était pas un mensonge… qu'on s'était battus comme des démons, et quand on est partis y nous ont souhaité bon vent. Mais c'est ça que j'peux pas supporter… toujours ces mêmes vieux soldats qu'arrêtent pas de glousser et de rire, et aussi ce général, il est cinglé.

— C'est un crétin fini! s'écria le jeune soldat avec une exaspération soudaine. Y m'rend fou. J'aimerais bien qu'y vienne, la prochaine fois. On y montrerait que…

Il s'interrompit car plusieurs hommes arrivaient en toute hâte. Leurs visages indiquaient qu'ils étaient porteurs de grandes nouvelles.

— Oh, Flem! t'aurais dû entendre ça! s'écria l'un d'eux d'une voix qui vibrait d'impatience.

— Entendre quoi?

— T'aurais dû entendre ça! répéta l'autre en se préparant à dévoiler l'information pendant que ses compagnons formaient un cercle rempli d'excitation. Eh ben, le colonel, il a rencontré votre lieutenant, juste à côté de nous… j'avais jamais rien entendu de pareil, sacré nom d'un chien… et il a dit: "Ahem! Ahem!", qu'il a dit. "M. Hasbrouck!", qu'il a dit. "À propos, qui c'était, ce jeune gars qui portait le drapeau?", qu'il a dit. Alors, Fleming, qu'est-ce t'en dis, de ça? "Qui c'était ce jeune gars qui portait le drapeau?" qu'il a dit, et le lieutenant il a répondu tout de suite: "C'est Fleming, et y a pas mieux que lui", qu'il a dit tout de suite. Hein? C'est ce qu'il a dit. "Y a pas mieux que lui", qu'il a dit… et c'est ses propres mots. J'le jure. C'est ce qu'il a dit. Hé, mon histoire, si t'es capable de la raconter mieux que moi, vas-y, raconte-la. Bon alors, ferme-la, c'est tout. Le lieutenant, il a dit: "Y a pas mieux". Et le colonel, il a dit: "Ahem! Ahem! C'est vrai, c'est un très bon soldat qu'il est bon d'avoir dans le régiment, ahem! Le drapeau, il l'a gardé en première ligne. J'l'ai vu. C'est un bon soldat", qu'il a dit, le colonel. "Ça fait pas l'ombre d'un doute", qu'il a dit, le lieutenant, "lui et un gars qui s'appelle Wilson, ils y ont été tout du long, en tête de la charge, et ils ont hurlé comme des Indiens du début à la fin", qu'il a dit, "tout du long en tête de la charge", qu'il a dit. "Un gars qui s'appelle Wilson", qu'il a dit. Alors Wilson, mon gars, ça, tu peux le raconter dans ta lettre et l'envoyer chez toi à ta M'man, hein? "Un gars qui s'appelle Wilson", qu'il a dit. Et le colonel, il a dit: "C'est vrai, hein? Ahem! Ahem! Bonté divine!" qu'il a dit. "À la tête du régiment?" qu'il a dit. Et le lieutenant, il a dit: "Vrai de vrai." "Bonté divine!" qu'il a dit, le colonel. "Bon, bon, bon", qu'il a dit, "ces deux p'tits jeunes-là?" "Vrai de vrai", qu'il a dit, le lieutenant. "Bon, bon", qu'il a dit, le colonel, "y méritent d'être généraux de corps d'armée" qu'il a dit. "Y méritent d'être généraux de corps d'armée".

Le jeune soldat et son ami répondirent: "Pffft!" "C'est des mensonges, Thompson." "Oh, arrête tes vannes!" "Il a jamais dit ça!" "Oh, quel mensonge!" "Pffft!" Mais en dépit de ces moqueries juvéniles et de l'embarras qu'ils ressentaient, ils savaient que leur visage était très empourpré par la grande sensation de plaisir. Ils échangèrent secrètement un regard de joie et de félicitation.

Ils oublièrent promptement quantité de choses. Le passé ne contenait plus ni erreurs de jugement, ni déceptions. Ils étaient très heureux et leur cœur était gonflé d'une affection reconnaissante envers le colonel et le lieutenant juvénile.

Chapitre 22

Quand les bois répandirent de nouveau la sombre nuée de l'ennemi, le jeune soldat ressentit une assurance sereine. Il sourit brièvement lorsqu'il vit des hommes rentrer la tête dans les épaules et se jeter à terre en entendant les longs hurlements des obus propulsés sur eux par immenses poignées. Il se tint, droit et tranquille, observant l'attaque lancée contre une partie de la ligne de front qui décrivait une courbe bleue sur le versant d'une colline proche. Sa vision n'étant pas entamée par la fumée issue des fusils de ses camarades, il avait la possibilité d'observer des bribes de la redoutable bataille. C'était un soulagement de constater enfin d'où provenaient certains de ces bruits qu'on lui avait fait rugir aux oreilles.

À une faible distance, il vit deux régiments qui menaient leur petit combat à part contre deux autres régiments. Cela se déroulait dans un espace dégagé, qui donnait l'impression d'une annexe. Ils s'affrontaient comme s'il y avait un pari en jeu, portant et recevant de formidables coups. Les échanges étaient incroyablement féroces et rapides. Ces régiments absorbés dans leur action n'avaient semblait-il aucune conscience des buts poursuivis par la guerre à une échelle supérieure, et se rendaient coup pour coup comme s'il s'agissait d'une rencontre équilibrée.

Ailleurs, il vit une splendide brigade s'avancer dans l'intention évidente de chasser l'ennemi d'un bois. Les combattants disparurent à sa vue et aussitôt monta de ce lieu un fracas absolument effroyable. Le tumulte était indicible. Ayant déclenché ce rugissement prodigieux, et le trouvant apparemment excessif, la brigade, au terme d'un temps très court, ressortit fièrement et au pas sans que l'élégante formation eût été en rien dérangée. Il n'y avait pas trace de précipitation dans ses mouvements. Elle était fringante et semblait adresser un fier pied de nez au bois qui s'égosillait de fureur.

À main gauche, sur une pente, une longue rangée de canons, bourrus et hargneux, dénonçaient la présence de l'ennemi qui, plus bas et à couvert, se préparait pour une nouvelle attaque dans la monotonie impitoyable des affrontements. Les rouges et rondes décharges des pièces d'artillerie produisaient un flamboiement écarlate ainsi qu'une fumée épaisse qui montait haut. De temps en temps on pouvait apercevoir des groupes d'artilleurs s'activer. Derrière cet alignement de canons se dressait une maison, calme et blanche au milieu des explosions d'obus. Une congrégation de chevaux, attachés à une longue barrière horizontale, tiraient frénétiquement sur leurs longes. Des hommes couraient ici et là.

La bataille séparée qui opposait les quatre régiments dura un bon moment. Il se trouva que rien ne vint interférer, et ils réglèrent seuls ce différend. Pendant de longues minutes, ils s'affrontèrent avec une grande sauvagerie et une intense puissance de feu, puis les régiments en uniformes clairs faiblirent et se retirèrent en laissant les lignes bleu foncé pousser de grands cris. Le jeune soldat distinguait les deux drapeaux qui se tordaient de rire au milieu des vestiges de fumée.

Un silence lourd de signification s'établit alors. La ligne du front bleu s'agita, bougea légèrement tout en étudiant, dans l'expectative, les bois et les champs muets qui s'étendaient devant elle. C'était un silence solennel, un silence d'église, si l'on excluait le tonnerre lointain d'un canon qui, de toute évidence incapable de se taire, projetait un roulement diffus au-dessus de la terre. C'était irritant, comme les bruits émis par des gamins que rien n'impressionne. Les hommes s'imaginaient que cela empêcherait leurs oreilles tendues de saisir les premiers mots de la bataille à venir.

Tout à coup, les canons sur la pente poussèrent un rugissement de mise en garde. Un bruit de mitraille venait de s'amorcer dans les bois. Il enfla avec une rapidité stupéfiante pour se transformer en une intense clameur noyant la terre sous ses échos. Les détonations assourdissantes balayèrent les lignes jusqu'à l'instauration d'un grondement ininterrompu. Pour ceux qui s'y trouvaient plongés, il devint un vacarme à la mesure de l'univers. C'étaient les coups de boutoir et les vrombissements d'une machinerie gigantesque, des complications parmi les plus infimes étoiles. Les oreilles du jeune soldat étaient des récipients emplis à ras bord. Elles étaient incapables de percevoir davantage.

Sur un plan incliné où une route décrivait des lacets, il suivit du regard les courses sauvages et désespérées d'hommes qui ne cessaient d'avancer et de reculer en ruées désordonnées. Ces morceaux des deux armées ennemies constituaient deux longues vagues qui s'affrontaient furieusement en des lieux imposés. Elles déferlaient et refluaient. Parfois l'un des camps, par ses hurlements et ses acclamations, proclamait une avancée décisive, mais un instant plus tard l'armée adverse n'était qu'un immense tintamarre d'acclamations et de hurlements. À un moment, le jeune soldat aperçut un jaillissement de silhouettes claires se précipiter avec des bonds de chiens de chasse vers les lignes bleues fluctuantes. Il y eut quantité de cris et, très vite, elles se retirèrent, la gueule pleine de prisonniers. Il vit à son tour une vague bleue s'élancer à l'assaut d'un barrage gris avec une force si dévastatrice qu'elle sembla en balayer le sol pour ne rien laisser d'autre que la terre piétinée. Et toujours, au cours de ces charges rapides et mortelles qui se succédaient dans un sens puis l'autre, les combattants criaient et hurlaient comme des déments.

Des enclos défendus par des barrières ou des positions renforcées derrière des bouquets d'arbres étaient arrachés à l'ennemi comme s'il s'agissait de trônes d'or ou de lits de perles. À chaque instant, semblait-il, se produisaient de folles tentatives pour s'emparer de tels lieux choisis, et la plupart passaient brutalement d'un camp à l'autre comme des jouets légers revendiqués pas des forces ennemies. Le jeune soldat n'aurait su dire, en se basant sur les étendards guerriers qui volaient en tous sens comme une écume écarlate, de quelle couleur était le drapeau qui l'emportait.

Le moment venu, son régiment émacié fonça à l'assaut avec une ardeur intacte. Lorsqu'ils se trouvèrent à nouveau accablés sous les balles, les hommes explosèrent en un hurlement barbare de rage et de douleur. Ils courbèrent la tête pour viser de toute leur haine derrière les chiens relevés de leurs fusils. Les baguettes de chargement émettaient des raclements furieux tandis que les bras impatients enfonçaient les cartouches dans les canons des armes. La ligne de front du régiment était un mur de fumée transpercé d'éclairs lumineux jaunes et rouges.

Comme ils se vautraient dans la mêlée, ils se retrouvaient incroyablement vite le visage à nouveau maculé. En taches et en saleté, ils surpassaient toutes leurs apparitions antérieures. Avançant et reculant avec une énergie forcenée, sans cesser de marmonner, ils étaient, avec leur corps qui balançait, leur visage noir et leurs yeux embrasés, comme des démons hideux et fantastiques qui dansaient la gigue au milieu de la fumée.

Le lieutenant, de retour de l'arrière où il s'était mis en quête d'un bandage, extirpa d'une réserve secrète de son cerveau des jurons inédits, prodigieux, adaptés à l'urgence des circonstances. Ses chapelets d'interjections, il les distribuait tels des coups de fouets sur le dos de ses hommes, et il était manifeste que ses jurons précédents n'avaient en aucune façon tari ses ressources.

Le jeune soldat, toujours porteur des couleurs, ne se sentait pas inactif. Il était profondément absorbé dans son rôle de spectateur. Les explosions et les retournements de situation de ce drame magnifique l'incitaient à se pencher, les yeux captivés, le visage secoué de convulsions. Parfois il émettait des sons, des mots qui lui venaient inconsciemment en de grotesques exclamations. Il n'avait pas conscience qu'il respirait, que le drapeau pendait silencieusement au-dessus de lui, tant il était absorbé.

Une redoutable ligne ennemie approcha dangereusement. On les distinguait parfaitement: grands, maigres, l'expression surexcitée, qui couraient à longues enjambées en direction d'une clôture au tracé irrégulier.

À la vue de ce péril, les hommes mirent aussitôt un terme à leur litanie d'imprécations. Il y eut un instant de silence tendu avant qu'ils lèvent leur fusil pour tirer une grêle de plombs en direction de l'ennemi. Aucun ordre n'avait été donné; les soldats, en identifiant la menace, avaient immédiatement libéré cet envol de projectiles sans attendre que le commandement leur parvienne.

Mais l'ennemi fut prompt à gagner la protection de la clôture sinueuse. Il se dissimula derrière elle avec une célérité remarquable et, de cette position, il entreprit séance tenante de faucher les soldats bleus.

Ces derniers rassemblèrent leur énergie en prévision d'une grande bataille. Bien des dents blanches brillaient, mâchoires serrées, dans les visages au teint mat. Beaucoup de têtes pointaient ici ou là, flottant sur un pâle océan de fumée. Ceux qui se trouvaient derrière la clôture criaient fréquemment, jappaient des railleries et des remarques moqueuses, mais le régiment observait un silence tendu. Peut-être les hommes confrontés à ce nouvel assaut se souvenaient-ils qu'on les avait traités de pelleteurs de boue et cela rendait-il leur situation trois fois plus amère. Retenant leur souffle, ils se concentraient sur leur tentative de ne pas céder de terrain et de repousser les troupes ennemies en liesse. Ils se battaient avec une énergie et une violence éperdues, lisibles sur leur visage.

Le jeune soldat avait résolu de ne pas bouger d'un pouce quoi qu'il pût advenir. Certaines des flèches de mépris qui s'étaient fichées dans son cœur avaient engendré une haine inexprimable, inédite. Il était clair pour lui que sa vengeance finale, définitive, serait uniquement atteinte quand son corps serait étendu, déchiqueté et suintant le sang, sur le champ de bataille. Ce serait une revanche poignante contre l'officier qui avait parlé de "muletiers" et, plus tard, de "pelleteurs de boue", car dans toutes les folles tentatives de son esprit pour isoler un quelconque responsable de ses souffrances et de ses atermoiements, il s'en prenait toujours à l'homme qui l'avait affublé à tort de ces quolibets. Et son idée, formulée vaguement, était que son cadavre serait à ces yeux aveugles un immense et mordant reproche.

Le régiment saignait copieusement. Des ballots grognant vêtus de bleu commencèrent à choir sur le sol.

Le sergent d'ordonnance de la compagnie du jeune soldat eut les joues transpercées par une balle. Les articulations étant atteintes, sa mâchoire inférieure pendait très bas, révélant dans la vaste caverne de sa bouche un amas palpitant de sang et de dents. Mais en dépit de cela, il s'efforçait de crier. Il y avait dans sa tentative une gravité épouvantable, comme s'il s'imaginait qu'un unique et puissant hurlement suffirait à le guérir.

Le jeune soldat le vit bientôt partir en direction de l'arrière. Sa force ne paraissait atténuée en rien. Il courait rapidement, jetant des regards affolés en quête de secours.

D'autres s'effondraient aux pieds de leurs compagnons. Certains des blessés rampaient pour s'écarter et s'éloigner des lieux, mais beaucoup demeuraient immobiles, le corps tordu dans des positions impossibles.

À un moment, le jeune soldat chercha son ami du regard. Il aperçut un jeune homme impétueux, couvert de poudre et débraillé, dont il sut que c'était lui. Le lieutenant, lui aussi, était indemne, à son poste, sur l'arrière. Il avait continué de lancer des jurons, mais le faisait désormais avec l'attitude d'un homme qui entame sa dernière réserve d'imprécations.

Car l'énergie du régiment avait commencé à décliner et à s'écouler goutte à goutte. La voix robuste et singulière qui s'était élevée des rangs dégarnis s'épuisait désormais rapidement.

Chapitre 23

Le colonel revint au triple galop derrière la ligne de front. D'autres officiers le suivaient.

— Il faut charger! criaient-ils.

— Il faut charger! hurlaient-ils avec des voix rageuses, comme s'ils s'attendaient à une rébellion de la part des hommes du rang.

Le jeune soldat, en entendant ces cris, commença à évaluer la distance qui le séparait de l'ennemi. Il se livra à d'obscurs calculs. Il vit que pour être des soldats dignes de ce nom, il fallait qu'ils avancent. Rester au même endroit équivaudrait à mourir et, au vu des circonstances, reculer exalterait un bien trop grand nombre de combattants adverses. Leur seul espoir consistait à repousser loin de la clôture ces ennemis exaspérants.

Il s'attendait à ce qu'il faille aiguillonner ses compagnons, épuisés et courbatus, afin qu'ils donnent l'assaut, mais lorsqu'il se tourna vers eux, il perçut avec une certaine surprise qu'ils répondaient par une expression d'assentiment rapide et sans équivoque. Retentit alors une ouverture aux accents métalliques et sinistres, annonçant la charge, au moment où les manches des baïonnettes tintèrent contre le canon des fusils. Aux ordres hurlés, les soldats s'élancèrent en bonds impatients. Il y avait une énergie nouvelle et inattendue dans les mouvements du régiment. La conscience qu'ils avaient de leur épuisement et de leur lassitude donnait à la charge un caractère paroxystique, assimilable au déploiement de force qui précède la faiblesse finale. Les hommes se précipitèrent dans une hâte fiévreuse et insensée, se ruant à l'assaut d'un succès fulgurant avant que le fluide stimulant ne les abandonne. Ce fut une charge aveugle et éperdue que celle menée par ce lot de soldats vêtus d'un bleu poussiéreux et loqueteux, sur un terrain couvert d'une herbe verte et sous un ciel de saphir, en direction d'une clôture qui ressortait confusément dans la fumée et derrière laquelle crépitaient les fusils féroces de l'ennemi.

Le jeune soldat maintenait les couleurs éclatantes du régiment à la tête des troupes. Il agitait son bras libre en cercles furieux tout en lançant cris et exhortations sauvages, encourageant à foncer ceux qui n'avaient nul besoin d'être encouragés, car il semblait que la ruée d'hommes en uniformes bleus qui se jetaient sur la dangereuse concentration de fusils était à nouveau déchaînée d'enthousiasme, tout individualisme balayé. À en croire la volée de coups de feu qui les visaient, on eût dit qu'ils n'allaient réussir qu'à joncher de cadavres l'étendue d'herbe qui séparait leur précédente position de la clôture. Mais ils avaient atteint un état de véritable frénésie, peut-être en raison d'un orgueil oublié, et le résultat était une démonstration de témérité qui touchait au sublime. Il n'y avait d'évident ni questionnement, ni réflexion, ni plan. Il n'y avait, apparemment, aucune échappatoire envisagée. Il semblait que les ailes vives de leurs désirs n'allaient pas manquer de se briser sur les vantaux d'airain de l'impossible.

Lui-même se sentait l'esprit indomptable d'un païen, d'un fanatique. Il était capable d'immenses sacrifices, d'une mort fabuleuse. Il n'avait pas le temps de l'analyser, mais savait que pour lui les balles ne représentaient que des obstacles qui pouvaient l'empêcher d'atteindre le lieu auquel il aspirait. En lui, de subtils éclairs de joie l'assuraient qu'il était sur la bonne voie.

Il concentrait toutes ses forces. Sa vue était ébranlée et éblouie par la tension de ses pensées et de ses muscles. Il ne voyait rien à l'exception des brumes de fumée entaillées par les petites lames de feu, mais il savait qu'au-delà se trouvait la vénérable clôture d'un fermier disparu et qu'elle protégeait les corps accroupis des hommes gris.

Tandis qu'il courait, une pensée relative à la violence de l'affrontement brasillait dans son esprit. Il s'attendait à un choc titanesque lorsque les deux corps d'armée se heurteraient. Cela participait désormais de son désir fou d'une bataille furieuse. Il sentait l'élan frontal du régiment autour de lui et envisageait une collision terrifiante, percutante, qui abattrait la résistance et répandrait consternation et stupeur sur des kilomètres à la ronde. Le régiment volant aurait l'effet d'une catapulte. Ce rêve le faisait courir plus vite au milieu de ses camarades qui poussaient des cris rauques et frénétiques.

Mais il vit alors que nombre de combattants en gris n'avaient pas l'intention de subir ce choc. La fumée, tourbillonnante, dévoila des hommes qui couraient sans cesser de regarder en arrière. Ils formaient une horde, laquelle battait obstinément en retraite. Quelques-uns pivotaient à intervalles réguliers pour expédier une balle sur la vague bleue.

Pourtant en un endroit de la ligne de défense se tenait un groupe menaçant et opiniâtre qui campait sur ses positions. Ils étaient fermement retranchés derrière des piquets et des troncs horizontaux. Un drapeau, fouetté quoique fier, ondulait au-dessus de ces soldats dont les fusils causaient un raffut de tous les diables.

Le tourbillon bleu du régiment s'approcha très près, jusqu'à ce qu'il semble, en vérité, qu'une effroyable lutte allait s'ensuivre. Il y avait, dans la façon dont le petit groupe s'opposait à eux, un dédain qui infléchit la signification des cris braillés par les hommes en bleu. Ils se changèrent en des hurlements de colère orientés, attitrés. Les vociférations des deux camps étaient désormais une alternance sonore d'insultes cinglantes.

Les hommes en bleu montraient les dents ; le blanc de leurs yeux étincelait. Ils fonçaient comme pour se jeter à la gorge de ceux qui opposaient ce bastion de résistance. L'espace qui les séparait se réduisit à une distance insignifiante.

Le jeune soldat avait centré les yeux de son âme sur l'oriflamme adverse. Sa possession lui vaudrait une immense fierté. Elle serait synonyme de duels sanguinaires, de coups portés au corps-à-corps. Il ressentait une haine prodigieuse à l'égard de ceux qui engendraient ces immenses complications et difficultés. Ils faisaient de ce drapeau un trésor inestimable, mythologique, brandi dans l'accomplissement d'épreuves et d'exploits périlleux.

Il fonça dessus comme un cheval fou. Il était résolu à ne pas le laisser lui échapper si des coups sauvages ou des tentatives hardies pour en porter pouvaient lui permettre de s'en emparer. Son propre étendard, frémissant et battant au vent, volait au-devant de l'autre. On eût dit qu'une rencontre de becs et de serres ennemis, comme ceux de deux aigles, était imminente[*].

La nuée déferlante des soldats vêtus de bleu marqua une halte soudaine à portée de tir réduite autant que critique, et propulsa une rapide salve détonante. Le groupe gris fut disloqué et brisé par ce feu nourri, mais son corps criblé continuait de se battre. Les hommes en bleu poussèrent

---

[*] L'aigle servait d'emblème pour les deux camps.

un nouveau hurlement en franchissant la courte distance pour sauter sur lui.

Comme à travers une brume, le jeune soldat vit, entre deux bonds, l'image de quatre ou cinq combattants qui gisaient au sol ou se tordaient de douleur, à genoux, la nuque ployée, et on eût dit qu'ils avaient été frappés par la foudre du ciel. Titubant au milieu de ce groupe se trouvait le porteur des couleurs adverses dont il vit qu'il avait été mortellement atteint par les projectiles de la dernière formidable volée. Il comprit que ce soldat livrait là son ultime bataille, celle d'un homme dont des démons ont empoigné les jambes. C'était une lutte abominable. Sur son visage s'étendait la lividité de la mort, mais il s'y superposait les traits sombres et implacables d'un dessein désespéré. Avec cet épouvantable rictus de la résolution sur la figure, il serrait contre lui le précieux drapeau, trébuchant et chancelant dans sa volonté de parcourir l'espace qui garantirait la sécurité de l'étendard.

Mais ses blessures donnaient l'impression prégnante que ses pieds étaient entravés, attachés, et il livrait un combat funèbre, comme si des goules invisibles s'accrochaient voracement à ses membres. Ceux des hommes en bleu qui menaient la horde prirent la barrière d'assaut en poussant des cris de victoire. Le désespoir du porte-drapeau perdu se lisait dans ses yeux quand il leur jeta un regard.

L'ami du jeune soldat franchit l'obstacle en une culbute mal maîtrisée et bondit sur le drapeau tel une panthère sur sa proie. Il tira dessus et, l'ayant arraché, brandit son rouge rutilant dans les airs avec un cri d'exultation sauvage, au moment même où le porteur des couleurs, hoquetant, vacillait pour s'écrouler dans un spasme final en se raidissant convulsivement, visage sans vie contre la terre. Il y avait une grande quantité de sang sur les brins d'herbe.

À l'endroit de ce succès s'élevèrent davantage de clameurs et de cris de joie. Les hommes gesticulaient et mugissaient d'exultation. Quand ils parlaient, on eût cru qu'ils s'adressaient à un interlocuteur situé à un kilomètre de là. Le peu de chapeaux et de casquettes qu'ils portaient encore étaient propulsés très haut vers le ciel.

En un endroit de la ligne, quatre hommes avaient été submergés par le nombre et se trouvaient maintenant prisonniers, assis par terre. Des soldats bleus se tenaient autour d'eux, formant un cercle plein de curiosité. Ils avaient pris au piège d'étranges oiseaux qu'ils soumettaient à un examen. Une rafale de questions fendait l'air.

L'un des prisonniers s'occupait de son pied atteint d'une blessure superficielle. Il le berçait comme un bébé, non sans lever souvent les yeux pour lancer des insultes, avec une désinvolture aussi totale que stupéfiante, au nez de ceux qui l'avaient capturé. Il les vouait au royaume rouge des enfers. Appelait sur eux la pestilence et la colère de dieux inconnus. Et ce faisant, il se sentait singulièrement libre de ne pas tenir compte des règles de base régissant le comportement des prisonniers de guerre. C'était comme si, un imbécile maladroit lui ayant marché sur le gros orteil, il considérait comme son privilège, son devoir, de prononcer des injures rancunières et ordurières.

Un autre qui, par l'âge, était à peine plus qu'un garçonnet, prenait son triste sort avec un très grand calme et une apparente bonne humeur. Il conversait avec les hommes en bleu, étudiant leur visage de ses yeux vifs et pénétrants. Ils parlaient batailles et conditions de vie. Durant cet échange de points de vue un vif intérêt se manifesta sur tous les visages. Il semblait que ce fût une immense satisfaction d'entendre des voix venues de là où tout avait été ténèbres et spéculations.

Le troisième captif était assis, le visage morose. Il conservait une attitude froide et stoïque. À toutes les avances, il répondait par une réplique immuable :

— Ah, allez au diable !

Le dernier des quatre demeurait complètement silencieux et, la plupart du temps, gardait le visage tourné vers des lieux épargnés par le conflit. D'après l'idée que le jeune soldat pouvait s'en faire, il semblait être dans un état d'abattement absolu. La honte l'avait pris et, peut-être avec elle, le profond regret de ne plus pouvoir être compté au rang de ses camarades. Le jeune soldat ne détectait aucun signe permettant de se figurer que ce prisonnier consacrait la moindre pensée à son avenir restreint, se représentant des forteresses ainsi que toutes les privations de nourriture et brutalités auxquelles l'imagination peut laisser libre cours. Tout ce qu'il y avait de visible était la honte de la captivité et le regret d'être privé du droit d'afficher une attitude hostile.

Quand les soldats bleus eurent suffisamment célébré leur victoire, ils s'installèrent derrière la vieille clôture, du côté opposé à celui d'où leurs ennemis avaient été repoussés. Pour la forme, quelques-uns tiraient des projectiles sur des cibles lointaines.

L'herbe ici était haute. Le jeune soldat s'y nicha et se reposa, utilisant l'un des troncs horizontaux pour y appuyer le drapeau. Son ami, jubilant et auréolé de gloire, vint l'y rejoindre, tenant son trophée avec vanité. Assis côte à côte, ils se congratulèrent.

Chapitre 24

Les hurlements qui, devant la lisière de la forêt, avaient retenti en une longue ligne sonore, se firent intermittents et plus faibles. Les voix de stentor de l'artillerie continuèrent dans quelque duel lointain, mais les détonations des armes légères avaient presque entièrement cessé. Le jeune soldat et son ami levèrent tout à coup les yeux, ressentant une forme de détresse vague à constater la disparition de ces échos qui étaient devenus partie intégrante de la vie. Ils voyaient des changements se produire au sein des troupes. Des soldats faisaient mouvement dans un sens et dans l'autre. Une pièce d'artillerie était déplacée sans hâte. Sur la crête d'une petite colline brillaient les lueurs mêlées de nombreux fusils qui battaient en retraite.

Le jeune soldat se redressa.

— Et maintenant, y va se passer quoi, j'me le demande ?

Au ton employé, il semblait se préparer à subir la contrariété d'une nouvelle monstruosité dans l'ordre des vacarmes et des violences. Il abrita ses yeux de sa main crasseuse, parcourut le champ de bataille du regard.

Son ami se releva aussi pour scruter les environs.

— J'te parie qu'on va repartir et retraverser la rivière, dit-il.

— J'te jure !

Ils attendirent en surveillant la campagne. Peu après, le régiment reçut l'ordre de rebrousser chemin. Les hommes abandonnèrent l'herbe en marmonnant, regrettant la douceur de ce repos. Ils secouèrent leurs jambes raides, étirèrent leurs bras au-dessus de leur tête. L'un d'eux émit un juron en se frottant les yeux. Tous grommelèrent: "Oh, Seigneur!" Ils avaient autant d'objections à opposer à ce changement qu'ils en auraient eu à en découdre à nouveau.

D'un pas pesant, ils retraversèrent lentement le champ qu'ils avaient franchi dans leur ruée effrénée.

Le régiment marcha jusqu'à ce qu'il eût rejoint ses homologues. La brigade reformée, disposée en colonne, se dirigea vers la route en coupant par un bois. Presque aussitôt, ils se retrouvèrent dans une concentration de troupes couvertes de poussière, à progresser en traînant les pieds parallèlement aux lignes ennemies, telles qu'elles avaient été redéfinies par le chambardement précédent.

Ils passèrent à portée de vue d'une maison blanche indifférente et virent, devant elle, des groupes de leurs camarades qui attendaient, allongés derrière une ligne de retranchements impeccables. Une rangée de canons grondait en tirant sur un ennemi lointain. Des obus envoyés en riposte soulevaient des nuages de poussière et de fragments. Des cavaliers galopaient le long de la ligne de retranchement.

Parvenue en ce point, la division s'éloigna du champ en décrivant un arc de cercle et partit en sinuant en direction du cours d'eau. Quand la signification de ce mouvement se fut imposée au jeune soldat, il tourna la tête et regarda derrière son épaule la terre piétinée et jonchée de débris. Il respira avec une satisfaction nouvelle. Il finit par donner un coup de coude à son ami.

— Ce coup-là, c'est bien terminé, lui dit-il.

— Bon sang, ça en a tout l'air, acquiesça son camarade en regardant derrière lui.

Ils méditèrent.

Durant un certain temps, le jeune soldat fut contraint de réfléchir de manière perplexe et incertaine. Dans son esprit se produisait un changement subtil. Il lui fallut un bon moment pour se débarrasser de ses manières guerrières et retrouver son schéma de pensée coutumier. Petit à petit, son cerveau émergea des nuages qui l'étouffaient, et il finit par avoir la capacité d'appréhender plus justement son être et les circonstances.

Il sut alors que les coups de feu et les tirs de riposte appartenaient au passé. Il avait traversé une contrée de cataclysmes tempétueux et singuliers, et il avait survécu. Il était allé là où dominait le rouge du sang et le noir de la passion, et il en avait réchappé. Ses premières pensées, il les consacra à s'en réjouir.

Plus tard, il entreprit de se pencher sur ses actes, ses échecs et ses succès. Ainsi, à peine sorti de scènes où nombre de ses habituels processus de réflexion étaient restés inemployés, où il avait fonctionné de manière grégaire, il s'efforça d'opérer un tri dans toutes ses actions.

Elles défilèrent enfin clairement devant lui. De son point de vue actuel, il était en mesure de les considérer comme l'eût fait un spectateur et de les critiquer avec assez de justesse, car sa nouvelle condition avait déjà triomphé de certaines complaisances.

Pour ce qui était de ce défilé de la mémoire, il se sentait joyeux et sans regrets car, dans ce cortège, ses réussites publiques paradaient en bonne place, resplendissantes. Les exploits dont ses camarades avaient été témoins s'avançaient maintenant en grande pompe de pourpre et d'or, miroitant de reflets lumineux. Ils s'accompagnaient d'une musique enjouée. C'était un plaisir de les contempler. Il passa de délicieux instants à se représenter les images dorées de sa mémoire.

Il vit qu'il était bon. Avec un élan de joie, il se remémora les commentaires respectueux de ses compagnons sur sa conduite.

Mais le fantôme de sa fuite lors du premier engagement apparut devant ses yeux et se mit à danser. Son esprit émettait de petits cris sonores liés à cet épisode. Il rougit un instant et l'éclat, dans son âme, vacilla de honte.

Un spectre empli de reproche vint à lui. Là se cachait le souvenir tenace du soldat en haillons : lui qui, le ventre troué par les balles, et affaibli par la perte de sang, s'était tourmenté à propos d'une blessure imaginaire endurée par un autre ; lui qui avait consacré au grand soldat tout ce qu'il lui restait de force et d'intelligence ; lui qui, aveuglé par la lassitude et la douleur, avait été abandonné sur le champ de bataille.

L'espace d'un instant, un effrayant frisson de sueur glacée le parcourut à la pensée qu'il pourrait être associé à ces faits. Comme le spectre continuait de se dresser devant son champ de vision, il lâcha un cri perçant d'irritation et de souffrance.

Son ami se retourna.

— Qu'est-ce qu'y a, Henry ? voulut-il savoir.

La réponse du jeune soldat fut une explosion de jurons, dans sa honte écarlate.

Tandis qu'aux côtés de son ami il cheminait sur la petite route traversée de branches, au milieu de ses compagnons qui bavardaient, il ruminait cette vision cruelle. Elle s'accrochait à lui sans relâche et obscurcissait sa vision des hauts faits de pourpre et d'or. De quelque côté que se tournent ses pensées, elles étaient hantées par le spectre ténébreux de sa désertion sur le champ de bataille. Il jetait des regards furtifs à ses compagnons, convaincu qu'ils ne pouvaient manquer de discerner sur son visage les preuves de cette poursuite. Mais ils avançaient d'un pas lourd, en ordre dispersé, discutant à bâtons rompus des accomplissements de la dernière bataille.

— Oh, si quelqu'un venait me voir pour me l'demander, j'répondrais qu'on a pris une sacrée volée.

— Une volée… mon œil! Ils nous ont pas battus, mon gars. On descend par là, on tourne et on les prend à revers.

— Oh, arrête avec tes "on les prend à revers". J'ai vu tout ce que j'avais envie de voir, dans le genre. Viens pas me parler de prendre à revers…

— Bill Smithers, y dit qu'il aurait préféré participer à dix mille batailles plutôt que d'y être, dans ce fichu hôpital. Y dit qu'y a des coups de feu, la nuit, et des obus qui leur tombent en plein dessus dans cet hôpital. Y dit que des braillements pareils, il en avait encore jamais entendu.

— Hasbrouck? C'est le meilleur officier de ce régiment. C'est un sacré soldat.

— J'te l'avais pas dit qu'on allait les prendre à revers? J'te l'avais pas dit? On…

— Oh, ferme-la!

Longtemps, le souvenir tenace du soldat en haillons chassa toute allégresse des veines du jeune soldat. Il voyait son erreur éclatante et redoutait qu'elle se dresse devant lui pour le restant de ses jours. Il ne prenait aucune part aux discussions de ses camarades, pas plus qu'il ne les regardait ou n'avait conscience de leur présence, hormis quand il était envahi par le soupçon soudain qu'ils pussent lire dans ses pensées et scruter chaque détail de la scène avec le soldat en haillons.

Pourtant, graduellement, il réunit la force nécessaire pour maintenir ce péché à distance. Et enfin, ses yeux semblèrent s'ouvrir différemment sur les choses. Il découvrit qu'il pouvait tourner ses regards en arrière, vers les cymbales et la grandiloquence de ses évangiles antérieurs, pour les voir tels qu'ils étaient. Il ressentit de la joie en découvrant qu'il les méprisait à présent.

Avec cette conviction lui vint une provision d'assurance. Il se sentit investi d'une maturité tranquille qui, loin de vouloir se montrer, prenait appui sur un sang robuste et vigoureux. Il sut que plus jamais il ne reculerait devant ses guides, quelle que fût la direction qu'ils lui indiqueraient. Il avait frôlé la mort toute-puissante et découvert qu'après tout, ce n'était que la mort toute-puissante. Il était un homme.

Il survint donc que son âme changea, alors qu'il s'éloignait à pas pesants du royaume de sang et de fureur. Il tourna le dos au fer brûlant des socs* pour se tourner vers les lieux où poussent le trèfle paisible, et ce fut comme si de socs brûlants, il n'y avait point. Les blessures s'effacèrent comme le font les fleurs.

La pluie tomba. La procession de soldats épuisés se mua en un cortège dépenaillé, abattu et marmonnant, cheminant au prix d'efforts redoublés dans un chenal empli de boue liquide, sous un ciel bas et misérable. Pourtant le jeune soldat souriait, car il percevait que le monde était un monde à sa mesure, quand bien même beaucoup découvraient qu'il était fait de jurons et de béquilles. Il s'était débarrassé de l'ivresse rouge des combats. Le cauchemar étouffant relevait du passé. Il avait été une bête martyrisée et suante dans la fournaise et la douleur de la guerre. Il se tournait maintenant avec

---

* Bible, Michée, 4,3 et Isaïe 2,4: "de leurs épées ils formeront des socs".

la soif d'un amant vers des images de cieux paisibles, de fraîches prairies, de ruisseaux d'eau vive... vers une existence de paix douce et éternelle.

Au-dessus du fleuve, un rayon de soleil doré traversa la multitude de nuages gris comme le plomb.

Dans les ténèbres
au milieu des fumées tourbillonnantes

Lorsqu'en 1895, Stephen Crane (1871-1900) publie *L'Insigne rouge du courage,* la guerre de Sécession est terminée depuis trente ans. Les conséquences et les rancunes profondes issues du conflit ne seront pas effacées de sitôt. Crane n'a jamais porté les armes, et il n'était pas encore correspondant de guerre lorsqu'il écrit ce texte : il n'avait donc aucune expérience personnelle du combat, même indirecte. Il s'était documenté, avait lu à peu près tout ce qui comptait sur la *Civil War* qui avait déchiré le pays, avait rencontré d'anciens combattants avant d'imaginer ce périple guerrier. Un nouveau régiment formé de jeunes gens qui s'éloignent pour la première fois de leur village, prennent le chemin de Washington puis de Richmond, en Virginie, et livrent finalement bataille à Chancellorsville en mai 1863 : ce qu'ont réussi à déterminer les historiens en se penchant sur le roman et en confrontant le récit aux manœuvres effectives des deux armées.

Le tableau qu'il nous trace d'un bref épisode de ce conflit particulièrement long et dévastateur est donc imaginaire : peut-être est-ce cet ancrage dépourvu d'expérience vécue qui l'amène à peindre une guerre aux contours d'une grande confusion, dont les données factuelles et les enjeux demeurent hors-champ, comme secondaires. Mais le choix qui consiste à donner le rôle principal à un tout jeune combattant, pour la première fois parti vers l'aventure, comme tant de soldats américains de l'époque ou durant les deux guerres mondiales et les multiples conflits postérieurs à travers le monde, est un choix significatif, qui revêt une valeur universelle. L'appel de l'ailleurs, même teinté de danger, ou à plus forte raison parce qu'il l'est, le rêve de gloire, la soif de connaître autre chose que le quotidien de la ferme, attirent dans le monde entier comme dans le court roman de Crane des milliers de jeunes hommes débordant d'énergie qui n'ont pas la moindre notion de ce au-devant de quoi ils se précipitent.

Le personnage principal du livre s'engage donc dans une unité composée de jeunes gens d'une même région ayant la spécificité de réunir des combattants tenaillés par la hâte de connaître le baptême du feu.

Volontairement, l'auteur entoure son personnage d'un nimbe d'anonymat. Si le lecteur sait qu'on lui relate l'expérience de Henry Fleming, l'écrivain emploie rarement son nom, le présentant continûment comme *the youth*, de même qu'il emploie des tournures descriptives quand il parle de ses camarades de régiment, le grand soldat, le soldat qui parle fort, celui qui est en haillons, etc… Tous ou presque sont jeunes, y compris leurs supérieurs directs qui, en dépit des combats, ont encore un visage juvénile. Les hauts gradés, en revanche, sont désignés par leur patronyme ou leur surnom, ce qui n'éclaire en rien le lecteur car l'armée à laquelle ils appartiennent n'est pas précisée. Pour en revenir aux compagnons de notre "jeune soldat", Jim Conklin, Wilson et d'autres restent noyés dans la masse des conscrits, la couleur des uniformes, le vacarme des canons, les mouvements de troupes et la fumée des armes.

Ces recrues se trouvent soumises aux ordres et contre-ordres de la hiérarchie militaire, ignorent tout de ce qui les attend, sont réduits au rôle de simples figurants dans une guerre qu'ils ne comprennent pas, rouages d'une stratégie militaire qui leur échappe, tout comme leur échappe la position de leur régiment, celle de l'ennemi ou la géographie du terrain.

Cette confusion et cette perte de repères sont illustrées par Crane avec une grande variété de moyens. Ses descriptions sont toujours parcellaires. Aucune vue d'ensemble n'est proposée au lecteur plongé comme les soldats de l'Union dans une ignorance qui, pendant l'interminable période transitoire qui précède les combats, mine le moral des troupes et favorise la défiance à l'égard des chefs de guerre. Si des mouvements de troupes se produisent ensuite, seuls ceux qui concernent directement le régiment des jeunes recrues sont identifiés. Généralement, dans un lointain brumeux, diffus et trompeur, les soldats forment des colonnes sombres et imprécises qui serpentent sur les versants des collines en lisière de forêts, et seule une teinte mentionnée signale à l'occasion qu'il s'agit des "bleus" ou des "gris". Le brouillage délibéré des repères est tel que, pas plus dans les charges que dans les retraites, Crane ne mentionne à quelle armée il fait référence.

En conséquence, seules les couleurs permettent au lecteur comme aux soldats de se repérer et de s'orienter au fil des événements, mais jamais dès le début des escarmouches. C'est paradoxalement en mentionnant les drapeaux que Crane pousse la confusion à son comble : tous deux sont rouges, tous deux s'accompagnent à l'époque du symbole de l'aigle, et ces taches de couleur, par ailleurs synonymes de guerre, de sang et de mort, ne sont jamais associées immédiatement aux troupes qu'elles représentent. Comment illustrer mieux qu'avec ce parti pris de flottement le fait que ce n'est pas l'appartenance à un camp ou à un autre qui importe à l'auteur, mais bien l'essence de la guerre, qui transcende les oppositions partisanes ?

À l'écarlate omniprésent, le romancier ajoute par touches pointillistes la nuance des uniformes, mais aussi le jaune du soleil lorsqu'il parvient à se frayer un passage à travers les nuées, le noir de la nuit et du deuil, le vert ou le marron d'une Nature qui, loin de se révolter contre le fracas des fusils et des obus, semble porter un regard indifférent sur les événements. Cela aussi perturbe infiniment les recrues élevées dans une campagne où le bien et le mal s'affrontent essentiellement à l'ombre des murs d'églises.

Sur le champ de bataille surgit le monstre rouge, le dragon de la guerre. Les armes deviennent bestiales ou humaines, elles ont une voix, parlent, jurent, apostrophent, assourdissent et stupéfient les conscrits. Les insectes font aussi entendre leur fredonnement. Et entre l'infiniment incompréhensible et l'infiniment petit règne la peur.

Dans ce déferlement de bruits, au cœur des brouillards ou de la nuit, le jeune soldat cherche l'assurance, hanté par la crainte de ne pas être à la hauteur de son rêve de bravoure et de prendre la fuite face au danger. Au fil de ce voyage, il rencontre des colonnes de fuyards, apprend l'odeur de la haine et découvre la rage du combattant pour qui tout sens du péril s'évanouit. Sa conscience hésite entre les valeurs enseignées à la ferme ou à l'église et la réalité qui, de manière diffuse, presque impressionniste, investit ses sens. Le combat sur le champ de bataille se double d'une lutte contre lui-même. Le sens du devoir se brouille en même temps que celui de l'orientation. Quand le combat est par trop inégal, est-ce couardise de fuir face à l'ennemi, ou au contraire sagesse afin de préserver les forces précaires d'un régiment qu'il faut pouvoir reconstituer dans la perspective des combats à venir ? Les flammes des feux de camps "hostiles", la "bête rouge" de la guerre, les drapeaux qui s'inclinent "avec fureur" dans l'assaut, les voltigeurs de l'une ou de l'autre armée, semblables à des abeilles, la présence de "fantômes observateurs", tout nie la religion de la paix et le saint ordonnancement du monde.

Pour faire vivre ces décors torturés, déchirés de hurlements et de douleur dans l'indifférence du ciel et de la terre, Crane use de multiples métaphores complexes, souvent religieuses ou à connotations surnaturelles, transformant les soldats en "pantins sous la main d'un magicien", parlant de la "religieuse lumière tamisée" d'une chapelle au fond des bois, exprimant la volonté des belligérants de "présenter des excuses aux astres", montrant des blessés qui ressemblent déjà à "des spectres", nous guidant vers la rencontre finale et la grande question qui attend tous les mortels, et nous décrivant les combattants qui "portent le cercueil de leur honneur" ou dont le désir est de "se briser sur les vantaux d'airain de l'impossible", dans "l'écume écarlate" ou se mêle "le rouge du sang et le noir de la passion".

Un voyage en enfer dont les protagonistes n'atteindront pas tous le terme, dans lequel l'écrivain nous entraîne au contact silencieux ou hurlant, mais toujours cauchemardesque, de la mort rouge qui dévore soldats bleus et gris réunis dans un même festin horrifique.

Pierre Bondil et Johanne Le Ray

CATALOGUE TOTEM

261 Lance Weller, *Le Cercueil de Job*
260 John Gierach, *Truites & Cie*
259 James Crumley, *Les Serpents de la frontière*
258 Giorgio Scerbanenco, *Tous des traîtres*
257 Friedrich Dürrenmatt, *La Promesse*
256 Larry McMurtry, *Et tous mes amis seront des inconnus*
255 Wallace Stegner, *Vue cavalière*
254 Piergiorgio Pulixi, *L'Illusion du mal*
253 Helene Bukowski, *Les Dents de lait*
252 JoAnne Tompkins, *Ce qui vient après*
251 Mark Haskell Smith, *Elephant crunch*
250 Tiffany McDaniel, *L'été où tout a fondu*
249 Alan Le May, *La Prisonnière du désert*
248 Oakley Hall, *Warlock*
247 Peter Swanson, *Chaque serment que tu brises*
246 Giulia Caminito, *L'eau du lac n'est jamais douce*
245 Christina Sweeney-Baird, *La Fin des hommes*
244 John D. Voelker, *Testament d'un pêcheur à la mouche*
243 Maren Uthaug, *Et voilà tout*
242 Ross Macdonald, *La Face cachée du dollar*
241 Pete Fromm, *Le Lac de nulle part*
240 Julia Glass, *Conte d'automne*
239 Giorgio Scerbanenco, *Vénus privée*
238 Elliot Ackerman et James Stavridis, *2034*
237 Thomas Savage, *La Reine de l'Idaho*
236 Kathleen Dean Moore, *Sur quoi repose le monde*
235 Walter Tevis, *L'Arnaqueur*
234 Paul Tremblay, *La Cabane aux confins du monde*
233 Mario Rigoni Stern, *Histoire de Tönle*
232 Kate Reed Petty, *True Story*
231 William Boyle, *La Cité des marges*
230 Keith McCafferty, *Le Baiser des Crazy Mountains*
229 Elliot Ackerman, *En attendant Eden*
228 John Gierach, *Même les truites ont du vague à l'âme*
227 Charles Portis, *True Grit*
226 Jennifer Haigh, *Ce qui gît dans ses entrailles*
225 Doug Peacock, *Marcher vers l'horizon*

224	James McBride, *Deacon King Kong*
223	David Vann, *Komodo*
222	John Farris, *Furie*
221	Edward Abbey, *En descendant la rivière*
220	Bruce Machart, *Des hommes en devenir*
219	Mark Haskell Smith, *À bras raccourci*
218	Winston Groom, *Forrest Gump*
217	Larry McMurtry, *Les Rues de Laredo*
216	Terry Tempest Williams, *Refuge*
215	Wallace Stegner, *La Vie obstinée*
214	Piergiorgio Pulixi, *L'Île des âmes*
213	Giulia Caminito, *Un jour viendra*
212	Julia Glass, *Refaire le monde*
211	David Heska Wanbli Weiden, *Justice indienne*
210	Alex Taylor, *Le sang ne suffit pas*
209	Ross Macdonald, *Le Frisson*
208	Tiffany McDaniel, *Betty*
207	John D. Voelker, *Itinéraire d'un pêcheur à la mouche*
206	Thomas Berger, *Little Big Man*
205	Peter Swanson, *Huit crimes parfaits*
204	Andy Davidson, *Dans la vallée du soleil*
203	Walter Tevis, *L'Homme tombé du ciel*
202	James Crumley, *Le Canard siffleur mexicain*
201	Robert Olmstead, *Le Voyage de Robey Childs*
200	Pete Fromm, *Chinook*
199	Keith McCafferty, *La Vénus de Botticelli Creek*
198	Tom Robbins, *Jambes fluettes, etc.*
197	Nathaniel Hawthorne, *La Lettre écarlate*
196	Jennifer Haigh, *Le Grand Silence*
195	Kent Wascom, *Les Nouveaux Héritiers*
194	Benjamin Whitmer, *Les Dynamiteurs*
193	Barry Lopez, *Rêves arctiques*
192	William Boyle, *L'amitié est un cadeau à se faire*
191	Julia Glass, *Jours de juin*
190	Mark Haskell Smith, *Coup de vent*
189	Trevanian, *L'Été de Katya*
188	Chris Offutt, *Sortis des bois*
187	Todd Robinson, *Une affaire d'hommes*
186	Joe Wilkins, *Ces montagnes à jamais*

185	James Oliver Curwood, *Grizzly*
184	Peter Farris, *Les Mangeurs d'argile*
183	David Vann, *Un poisson sur la Lune*
182	Mary Relindes Ellis, *Le Guerrier Tortue*
181	Pete Fromm, *La Vie en chantier*
180	James Carlos Blake, *Handsome Harry*
179	Walter Tevis, *Le Jeu de la dame*
178	Wallace Stegner, *Lettres pour le monde sauvage*
177	Peter Swanson, *Vis-à-vis*
176	Boston Teran, *Méfiez-vous des morts*
175	Glendon Swarthout, *Homesman*
174	Ross Macdonald, *Le Corbillard zébré*
173	Walter Tevis, *L'Oiseau moqueur*
172	John Gierach, *Une journée pourrie au paradis des truites*
171	James Crumley, *La Danse de l'ours*
170	John Haines, *Les Étoiles, la neige, le feu*
169	Jake Hinkson, *Au nom du Bien*
168	James McBride, *La Couleur de l'eau*
167	Larry Brown, *Affronter l'orage*
166	Louisa May Alcott, *Les Quatre Filles du docteur March*
165	Chris Offutt, *Nuits Appalaches*
164	Edgar Allan Poe, *Le Sphinx et autres histoires*
163	Keith McCafferty, *Les Morts de Bear Creek*
162	Jamey Bradbury, *Sauvage*
161	S. Craig Zahler, *Les Spectres de la terre brisée*
160	Margaret Mitchell, *Autant en emporte le vent*, vol. 2
159	Margaret Mitchell, *Autant en emporte le vent*, vol. 1
158	Peter Farris, *Dernier Appel pour les vivants*
157	Julia Glass, *Une maison parmi les arbres*
156	Jim Lynch, *Le Chant de la frontière*
155	Edward Abbey, *Le Feu sur la montagne*
154	Pete Fromm, *Comment tout a commencé*
153	Charles Williams, *Calme plat*
152	Bob Shacochis, *Sur les eaux du volcan*
151	Benjamin Whitmer, *Évasion*
150	Glendon Swarthout, *11 h 14*
149	Kathleen Dean Moore, *Petit Traité de philosophie naturelle*
148	David Vann, *Le Bleu au-delà*
147	Stephen Crane, *L'Insigne rouge du courage*

146	James Crumley, *Le Dernier Baiser*
145	James McBride, *Mets le feu et tire-toi*
144	Larry Brown, *L'Usine à lapins*
143	Gabriel Tallent, *My Absolute Darling*
142	James Fenimore Cooper, *La Prairie*
141	Alan Tennant, *En vol*
140	Larry McMurtry, *Lune comanche*
139	William Boyle, *Le Témoin solitaire*
138	Wallace Stegner, *Le Goût sucré des pommes sauvages*
137	James Carlos Blake, *Crépuscule sanglant*
136	Edgar Allan Poe, *Le Chat noir et autres histoires*
135	Keith McCafferty, *Meurtres sur la Madison*
134	Emily Ruskovich, *Idaho*
133	Matthew McBride, *Frank Sinatra dans un mixeur*
132	Boston Teran, *Satan dans le désert*
131	Ross Macdonald, *Le Cas Wycherly*
130	Jim Lynch, *Face au vent*
129	Pete Fromm, *Mon désir le plus ardent*
128	Bruce Holbert, *L'Heure de plomb*
127	Peter Farris, *Le Diable en personne*
126	Joe Flanagan, *Un moindre mal*
125	Julia Glass, *La Nuit des lucioles*
124	Trevanian, *Incident à Twenty-Mile*
123	Thomas Savage, *Le Pouvoir du chien*
122	Lance Weller, *Les Marches de l'Amérique*
121	David Vann, *L'Obscure Clarté de l'air*
120	Emily Fridlund, *Une histoire des loups*
119	Jake Hinkson, *Sans lendemain*
118	James Crumley, *Fausse Piste*
117	John Gierach, *Sexe, mort et pêche à la mouche*
116	Charles Williams, *Hot Spot*
115	Benjamin Whitmer, *Cry Father*
114	Wallace Stegner, *Une journée d'automne*
113	William Boyle, *Tout est brisé*
112	James Fenimore Cooper, *Les Pionniers*
111	S. Craig Zahler, *Une assemblée de chacals*
110	Edward Abbey, *Désert solitaire*
109	Henry Bromell, *Little America*
108	Tom Robbins, *Une bien étrange attraction*

107	Christa Faust, *Money Shot*
106	Jean Hegland, *Dans la forêt*
105	Ross Macdonald, *L'Affaire Galton*
104	Chris Offutt, *Kentucky Straight*
103	Ellen Urbani, *Landfall*
102	Edgar Allan Poe, *La Chute de la maison Usher et autres histoires*
101	Pete Fromm, *Le Nom des étoiles*
100	David Vann, *Aquarium*
99	*Nous le peuple*
98	Jon Bassoff, *Corrosion*
97	Phil Klay, *Fin de mission*
96	Ned Crabb, *Meurtres à Willow Pond*
95	Larry Brown, *Sale Boulot*
94	Katherine Dunn, *Amour monstre*
93	Jim Lynch, *Les Grandes Marées*
92	Alex Taylor, *Le Verger de marbre*
91	Edward Abbey, *Le Retour du gang*
90	S. Craig Zahler, *Exécutions à Victory*
89	Bob Shacochis, *La femme qui avait perdu son âme*
88	David Vann, *Goat Mountain*
87	Charles Williams, *Le Bikini de diamants*
86	Wallace Stegner, *En lieu sûr*
85	Jake Hinkson, *L'Enfer de Church Street*
84	James Fenimore Cooper, *Le Dernier des Mohicans*
83	Larry McMurtry, *La Marche du mort*
82	Aaron Gwyn, *La Quête de Wynne*
81	James McBride, *L'Oiseau du Bon Dieu*
80	Trevanian, *The Main*
79	Henry David Thoreau, *La Désobéissance civile*
78	Henry David Thoreau, *Walden*
77	James M. Cain, *Assurance sur la mort*
76	Tom Robbins, *Nature morte avec Pivert*
75	Todd Robinson, *Cassandra*
74	Pete Fromm, *Lucy in the Sky*
73	Glendon Swarthout, *Bénis soient les enfants et les bêtes*
72	Benjamin Whitmer, *Pike*
71	Larry Brown, *Fay*
70	John Gierach, *Traité du zen et de l'art de la pêche à la mouche*
69	Edward Abbey, *Le Gang de la clef à molette*

68	David Vann, *Impurs*
67	Bruce Holbert, *Animaux solitaires*
66	Kurt Vonnegut, *Nuit mère*
65	Trevanian, *Shibumi*
64	Chris Offutt, *Le Bon Frère*
63	Tobias Wolff, *Un voleur parmi nous*
62	Wallace Stegner, *La Montagne en sucre*
61	Kim Zupan, *Les Arpenteurs*
60	Samuel W. Gailey, *Deep Winter*
59	Bob Shacochis, *Au bonheur des îles*
58	William March, *Compagnie K*
57	Larry Brown, *Père et Fils*
56	Ross Macdonald, *Les Oiseaux de malheur*
55	Ayana Mathis, *Les Douze Tribus d'Hattie*
54	James McBride, *Miracle à Santa Anna*
53	Dorothy Johnson, *La Colline des potences*
52	James Dickey, *Délivrance*
51	Eve Babitz, *Jours tranquilles, brèves rencontres*
50	Tom Robbins, *Un parfum de jitterbug*
49	Tim O'Brien, *Au lac des Bois*
48	William Tapply, *Dark Tiger*
46	Mark Spragg, *Là où les rivières se séparent*
45	Ross Macdonald, *La Côte barbare*
44	David Vann, *Dernier jour sur terre*
43	Tobias Wolff, *Dans le jardin des martyrs nord-américains*
42	Ross Macdonald, *Trouver une victime*
41	Tom Robbins, *Comme la grenouille sur son nénuphar*
40	Howard Fast, *La Dernière Frontière*
39	Kurt Vonnegut, *Le Petit Déjeuner des champions*
38	Kurt Vonnegut, *Dieu vous bénisse, monsieur Rosewater*
37	Larry Brown, *Joe*
36	Craig Johnson, *Enfants de poussière*
35	William G. Tapply, *Casco Bay*
34	Lance Weller, *Wilderness*
33	Trevanian, *L'Expert*
32	Bruce Machart, *Le Sillage de l'oubli*
31	Ross Macdonald, *Le Sourire d'ivoire*
30	David Morrell, *Rambo*
29	Ross Macdonald, *À chacun sa mort*

28	Rick Bass, *Le Livre de Yaak*
27	Dorothy Johnson, *Contrée indienne*
26	Craig Johnson, *L'Indien blanc*
25	David Vann, *Désolations*
24	Tom Robbins, *B comme Bière*
23	Glendon Swarthout, *Le Tireur*
22	Mark Spragg, *Une vie inachevée*
21	Ron Carlson, *Le Signal*
20	William G. Tapply, *Dérive sanglante*
19	Ross Macdonald, *Noyade en eau douce*
18	Ross Macdonald, *Cible mouvante*
17	Doug Peacock, *Mes années grizzly*
16	Craig Johnson, *Les Camps des morts*
15	Tom Robbins, *Féroces infirmes retour des pays chauds*
14	Larry McMurtry, *Texasville*
13	Larry McMurtry, *La Dernière Séance*
12	David Vann, *Sukkwan Island*
11	Tim O'Brien, *Les choses qu'ils emportaient*
10	Howard McCord, *L'homme qui marchait sur la Lune*
9	Craig Johnson, *Little Bird*
8	Larry McMurtry, *Lonesome Dove*, épisode 2
7	Larry McMurtry, *Lonesome Dove*, épisode 1
6	Rick Bass, *Les Derniers Grizzlys*
5	Jim Tenuto, *La Rivière de sang*
4	Tom Robbins, *Même les cow-girls ont du vague à l'âme*
3	Trevanian, *La Sanction*
2	Pete Fromm, *Indian Creek*
1	Larry Watson, *Montana 1948*

Retrouvez l'ensemble de notre catalogue sur
www.totem.fr

CET OUVRAGE A ÉTÉ COMPOSÉ PAR
ATLANT'COMMUNICATION
AU BERNARD (VENDÉE).

ACHEVÉ D'IMPRIMER EN OCTOBRE 2023 SUR LES PRESSES
DE NORMANDIE ROTO IMPRESSION S.A.S., 61250 LONRAI
POUR LE COMPTE DES ÉDITIONS GALLMEISTER
13, RUE DE NESLE, 75006 PARIS

IMPRIMÉ EN FRANCE

DÉPÔT LÉGAL : OCTOBRE 2019
N° D'IMPRESSION : 2304249